Uwe Goeritz

# Aurelia
# Im Kampf
# auf
# Liebe und Tod

Bibliografische Information der Deutschen Nationalbibliothek:

Die Deutsche Nationalbibliothek verzeichnet diese Publikation in der Deutschen National-bibliografie; detaillierte bibliografische Daten sind im Internet über http://dnb.dnb.de abruf-bar.

© 2022 Uwe Goeritz

Coverbilder: von Clker-Free-Vector-Images, Fernando Zamora und Peter H auf Pixabay

Covergestaltung: Uwe Goeritz

Herstellung und Verlag: BoD – Books on Demand, Norderstedt

**ISBN: 978-3-7557-6151-8**

# Inhaltsverzeichnis

## Anmerkungen

*D*iese Erzählung sollte Jugendlichen nicht zugänglich gemacht werden.

Ausnahmslos alle Beteiligten dieser Geschichte sind erwachsen und über 21 Jahre alt.

Sämtliche Orte, Figuren, Firmen und Ereignisse dieser Erzählung sind frei erfunden. Jede Ähnlichkeit mit echten Personen, ob lebend oder tot, ist rein zufällig und vom Autor nicht beabsichtigt.

## 1. Kapitel

## Kaffee mit einer Leiche

Gelassen rührte der Kommissar in seiner Tasse. Noch ein paar Minuten der Stille gönnte er sich, bevor die Schicht begann.

Er liebte diese morgendlichen Stunden auf der Wache, denn noch war Ruhe und er konnte den Kaffee genießen. Später am Tag reichte die Zeit oft nicht aus, um eine Tasse wirklich auszutrinken.

Die Sahne zog wie weiße Wolken durch die schwarze Oberfläche, die sich langsam in ein schönes Goldbraun verfärbte. Das Aroma des Getränkes stieg ihm in die Nase und er saugte diesen Duft förmlich ein.

Es war echter brasilianischer Kaffee!

Von Hand gelesen und sanft geröstet! Ein kleines Vermögen kostete ein Beutel davon und von seinem Gehalt konnte er sich nicht jeden Monat ein Kilo bestellen. Erst am Tage zuvor war das Päckchen endlich durch den Zoll gegangen und bei ihm eingetroffen.

Gerade als er die Tasse anhob, klingelte das Telefon. Er warf einen verzweifelten Blick zur Uhr. Es fehlten noch ein paar Minuten an acht Uhr! Sollte er den Anruf ignorieren?

Kaffeedurst kämpfte mit Pflichtgefühl und das Verantwortungsbewusstsein siegte. Er hob den Hörer ab und sagte: „Ja?"

„Kommissar! Wir haben eine Leiche im Park und eine Zeugin!"

„Ist die KTU schon informiert?", fragte er.

„Ja! Die sind bereits auf dem Weg!", entgegnete der aufgeregte Anrufer.

„Ich bin unterwegs!", antwortete der Kommissar.

Der Hörer landete auf dem Telefon. War noch Zeit für einen Schluck? Ein paar Minuten zuvor hätte sich noch die Nachtschicht damit herumschlagen müssen, doch jetzt war es die Aufgabe der Mordkommission! Und darum auch seine!

Ein schneller Schluck Kaffee, der zugegebenermaßen wirklich hervorragend schmeckte, dann befand sich der Kommissar auf der Spur.

Mit Blaulicht bahnte er sich im morgendlichen Berufsverkehr seinen Weg durch die Stadt.

Seine Gedanken sausten ihm dabei voraus. Der Park lag direkt im Zentrum des Ortes! Wer war der Tote? Einer, der beim Joggen umgefallen war? Oder ein Mordopfer? Im ersten Falle hätte man ihn wohl kaum informiert!

Der schwere Wagen schlängelte sich die Hauptstraße entlang und der Kommissar bremste am Parkeingang.

Noch war hier nicht viel los. Zu dieser frühen Stunde waren hier höchstens ein paar Läufer unterwegs. Später am Tag würden viele Menschen den warmen Sommertag auf den Wiesen an dem kleinen Teich zum Erholen nutzen.

Vom Eingang aus überblickte der Kommissar den Park. Der war zwar etwas größer und durch kleinere Buschgruppen unübersichtlich, aber das Blaulicht der KTU war nicht zu übersehen.

Eiligen Schrittes lief er über die Wege zur anderen Teichseite, wo die Kollegen gerade den vermeintlichen Tatort absperrten.

„Was ist passiert und wo sind die Zeugen?", fragte er einen der uniformierten Kollegen, nachdem er sich ausgewiesen hatte.

„Eine Joggerin ist überfallen worden! Die Frau dort hat es gesehen!", sagte der Mann und dabei zeigte er auf eine ältere Frau, die auf einer Parkbank nur etwa zwanzig Schritte entfernt saß.

Der Kommissar wandte sich der Zeugin zu, denn das Opfer konnte er sich auch später noch anschauen. So früh am Morgen wollte er keine tote Frau sehen!

Mit dem Notizbuch in der Hand ging er zu der Bank, stellte sich vor und setzte sich.

„Was haben sie gesehen?", fragte er.

„Ich füttere jeden Morgen hier die Enten. Eine junge Frau ist hier an mir vorbeigelaufen und wurde dann von einem Mann in das Gebüsch dort gezogen! Ich habe ihre Schreie gehört und sofort die Polizei gerufen. Mein Sohn hat mir das Handy geschenkt! Zu meiner Sicherheit!", erklärte die grauhaarige Frau ziemlich aufgeregt.

„Ich danke ihnen dafür, dass sie uns informiert haben! Wie sah der Mann aus?", wollte er nun wissen.

„Groß, stämmig, schwarz gekleidet, mit so einer Bommelmütze, die ein Loch hatte! Aber ich hatte meine Brille nicht mit. Die lass ich beim Entenfüttern immer zu Hause. Die ist mir nämlich schon mal in den Teich gefallen und mein Sohn...", begann sie ausschweifend zu erzählen.

„Sie konnten den Mann also nicht genau erkennen! Wohin ist er geflüchtet?", unterbrach er sie schnell.

„Das habe ich nicht gesehen, aber die junge Frau ist dann da rübergerannt!", sagte sie.

Der Blick des Mannes folgte dem Fingerzeig der alten Frau. Wenn die Joggerin entkommen war, wer war dann das Opfer?

Die Kollegen hatten die falsche Zeugin gefunden. Oder ihn zum falschen Fall gerufen! Er war in der Mordkommission und nicht für so etwas zuständig.

Und dafür hatte er auf den leckeren Kaffee verzichtet!

„Die Frau, wie sah die den aus?", erkundigte er sich fast beiläufig.

„Sie hatte bunte Laufsachen an. Eine rote Hose, grüne Schuhe und ein blaues Oberteil. Rot, grün, blau geht dem Kasper seine Frau, hat die Frieda früher immer gesagt, Gott sei ihrer Seele gnädig", erzählte die alte Dame.

„Und sonst? Haarfarbe? Augen? Größe?", befragte er sie.

„Ich hab ja meine Brille auf dem Küchentisch liegen lassen, aber in etwa so, wie die Frau dort mit dem Hund!", erklärte sie weiter.

Er folgte abermals ihrem Fingerzeig. „Blonde lange Haare. Zirka 1,65 Meter groß und schlank!", sagte er und schrieb es in sein Buch.

„Geben sie meinem Kollegen noch ihre Adresse, damit wir sie erreichen können, falls wir noch Fragen haben!", unterwies er seine Zeugin und steckte das Notizheft wieder ein.

Die Frau wandte sich ihren Enten zu und er erhob sich von der Bank.

Noch war der Kaffee sicher nicht kalt!

Aber jetzt war er ja schon mal hier und konnte auch den Rest noch für die Kollegen der Sitte aufnehmen.

Egon, der Chef der KTU, kam auf ihn zu, gab ihm die Hand.

Sie hatten beide das gleiche Alter und waren auch am selben Tag bei der Polizei in ihren

Dienst eingetreten. Freunde waren sie über die Jahre geworden.

Egon sagte: „Wir haben die Spuren gesichert, jetzt kannst du rüberkommen!"

„So schnell?", entgegnete er. Das war bei einer versuchten Vergewaltigung eigentlich unüblich. Normalerweise sicherten die Kollegen da ein oder zwei Stunden lang jede Faser, aber wenn Egon der Meinung war.

Der Kommissar nickte und ging zu dem Gebüsch.

Als er es an einem schmalen Durchlass betrat, stutzte er. Vor ihm lag der Mann, den die Zeugin gerade als Täter beschrieben hatte. Maskiert, mit heruntergelassener Hose lag er auf der Seite.

Der Kommissar hockte sich neben ihn und ließ seinen Blick über die Umgebung schweifen.

Was war passiert? Das Gras im inneren dieser Buschgruppe war zerwühlt. Es war der ideale Ort für solch ein Verbrechen. Ein kreisrunder Platz von etwa fünf Metern Durchmesser war ringsum von etwas mehr als hüfthohen Büschen umstanden und daher nur schwer von außen einsehbar.

Perfekt, um darin jemanden aufzulauern, aber am Morgen, wenn schon Leute im Park waren?

Der Mann musste es wohl ziemlich nötig gehabt haben, oder er war völlig skrupellos gewesen!

Eine Packung eines Potenzmittels lag am Rande des Gebüschs im Gras. Sicherlich hat der Täter einen Herzanfall bekommen.

„Die Frau hat noch mal Glück gehabt!", sagte der Kommissar und erhob sich.

Sein Blick suchte jetzt die Frau mit dem Hund. Für ein Phantombild würde das vielleicht reichen. Schnell machte er ein Foto mit dem Handy.

„Räumt alles zusammen und bringt ihn ins Leichenschauhaus! Aber packt ihn in eine Folienhülle, um die Spuren an ihm zu sichern. Vielleicht meldet sich das Opfer nach dem ersten Schock ja noch bei uns!", wies er die Kollegen an.

Eilig verließ er den Tatort, denn der Kaffee wartete!

## 2. Kapitel
# Die Furcht im Genick

Aurelia stand am Fenster des Wohnzimmers und schaute geschockt auf den Park hinunter. Gerade erst war sie mit Paulchen wieder in die Wohnung zurückgekehrt. Der kleine weiße Hund lag in ihrem Arm und sie streichelte nachdenklich sein weiches Fell.

Keine fünfhundert Meter waren es bis zum Tatort gewesen und es war genau auf der Strecke passiert, die Daria jeden Morgen zum Laufen benutzte.

Fünf Minuten eher und es hätte vielleicht die Freundin erwischt. Eine Gänsehaut zog sich über Aurelias Rücken und vor ihren Augen spielten sich gerade schreckliche Szenen ab.

Seit zehn Jahren war der Engel jetzt schon hier auf der Erde, aber gerade eben erst realisierte sie, welche Gefahren dieses Leben so mit sich bringen konnte. Bisher war das alles fern gewesen, doch momentan war es ganz nah.

Nur einen halben Kilometer entfernt!

Zwischen Blumenrabatten, Liegewiesen, Parkbänken und Rosenbeeten lauerte der Tod!

Wäre Daria nur fünf Minuten später losgelaufen, dann wäre sie jetzt vielleicht tot oder im Krankenhaus!

„Mein Gott Paulchen!", stöhnte Aurelia.

Nur die Tatsache, dass Daria an diesem Morgen ihre beiden jüngsten Töchter in den Kindergarten bringen wollte, der hatte die Partnerin gerettet.

War es Zufall? Glück? Gottes Wege! Was würde der nächste Tag bringen? Oder die nächste Nacht?

Bisher hatte Aurelia die Gefahren wohl erfolgreich verdrängt, doch gerade eben hatte ihr Chef ihr ein großes Ausrufezeichen vor das Fenster gehängt. Noch deutlicher hätte Gott es wohl kaum ausdrücken können!

Jetzt musste sie darüber mit jemanden reden!

„Lilith!", rief sie laut in den leeren Raum.

Einen Wimpernschlag später löste sich die Dämonin aus dem einsetzenden Wirbelsturm in der Stube.

„Du hast mich gerufen?", fragte sie gähnend.

Das Outfit der Dämonin sprach für eine heiße Partynacht. Die langen schwarzen Haare waren zerzaust und das kurze Kleid saß nicht richtig. Selbst für Liliths Geschmack ließ der verrutschte Stoff zu viel von der sonnengebräunten Haut der Dämonin erkennen.

„Ja! Danke Mutter!", antwortete Aurelia, zeigte auf den Sessel und legte Paulchen in seinem Korb ab.

Sich an den Tisch setzend begann der Liebesengel im Ruhestand von den Erlebnissen des Morgens zu berichten.

Aufmerksam hörte die Dämonin zu.

„Das Leben kann auch gefährlich sein! Du kannst Daria und eure vier Kinder nicht ständig vor allem und jedem beschützen! Das kann nur jeder für sich selbst!", sagte die Dämonin nachdenklich und sah zum Fenster hinüber.

„Aber warum nicht? Kann ich nicht eine Kompanie Schutzengel bei Michael anfordern?", fragte Aurelia.

„Das kannst du schon, aber sie können euch nicht vor allem schützen. Solange es das Böse gibt, wird es böse Dinge tun!", entgegnete die Dämonin.

„Also muss ich mit Luzifer reden?", erkundigte sich Aurelia.

„Nein! Er ist nicht für alles Böse verantwortlich und ich auch nicht!", antwortete Lilith.

„Kannst du nicht trotzdem mal fragen?", bat Aurelia.

„Ich werde sehen, was ich tun kann!"

„Ich danke dir!", sagte der Engel.

Die Dämonin löste sich einfach so auf und nun bestand der Hund auf seinem Frühstück. Es war allerdings nur eine kurze Ablenkung von den Sorgen.

Aurelia öffnete die Dose, füllte das Hundefutter in den Napf und trotzdem sausten ihre Gedanken zu der Freundin und in den Park hinüber.

Daria war Fotomodell und würde am Abend sicherlich erneut auf eine dieser Partys gehen. Das gehörte einfach dazu! Wer sich dort nicht blicken ließ, der bekam keinen Job in der Modebranche.

Gerade war der Manager einer großen Modefirma aus Paris in der Stadt und so eine Gelegenheit konnte sich kein Modell entgehen lassen!

Aurelia war das nur zu gut bekannt und sie wusste auch, dass Daria dann sicher spät in der Nacht zu ihrer Wohnung zurückkommen würde. Erst zu einem Zeitpunkt, an dem es draußen dunkel war und das Böse im Schutze der Finsternis wirken konnte!

Steigerte sie sich da gerade in irgendetwas hinein? Sicherlich war dem so und ihr Herz raste jetzt schon bei dem Gedanken an den Abend.

Sie würde die vier Kinder betreuen und Daria hatte Spaß. So war es am Morgen noch abgesprochen gewesen und nur deshalb war Daria fünf Minuten früher losgelaufen, als sie es sonst tat!

War das schon die Antwort? Wenn sie auf Gott vertraute, dann würde alles gut werden!

Wirklich?

Aurelia hob ihren Blick zur Zimmerdecke.

„Vater da oben! Beschütze meine Daria und unsere vier Kinder!", betete sie leise.

Lilith erschien nochmals vor ihr im Raum und ließ sich in den Sessel fallen.

„Luzifer hat damit nichts zu tun und der Täter ist schon tot! Er war gerade unten angekommen, als ich gefragt habe!", erklärte die Dämonin, gähnte und ließ dabei ihre spitzen Eckzähne aufblitzen.

„Danke Mutter! Das beruhigt mich ein wenig! Aber warum müssen sich die Menschen so etwas gegenseitig antun?", erwiderte Aurelia.

„Gott gab ihnen den freien Willen! Das ist manchmal auch gefährlich! Mitunter denke ich, es war ein Fehler von ihm. So viele Gewalttaten und Kriege kommen von dort her!", seufzte Lilith.

„Aber er gab ihnen auch die Liebe!", entgegnete Aurelia.

Die Dämonin nickte lächelnd.

„Hast du mal einen Kaffee für mich?", bat Lilith.

„Lange Nacht gehabt?", erwiderte Aurelia, erhob sich von ihrem Platz und ging in die Küche.

Ein Gedanke sauste durch Aurelias Kopf. Mit den zwei Tassen kam sie zurück und fragte: „Du und Petra, ihr seid doch heute Abend auch auf der

Party mit diesem Luc, von der mir Daria erzählt hat?"

„Ja!"

„Könntest du da ein Auge auf Daria haben?", setzte der Engel fort.

„Das mache ich doch gern!", antwortete die Dämonin und hob die Tasse an ihre Lippen.

„Ich danke dir! Das nimmt mir ein wenig die Angst!"

„Und wird mir ein bisschen den Spaß verderben!", entgegnete die Dämonin, aber dabei blitzen ihre Augen schelmisch auf.

„Ich glaube, du kommst auch so auf deine Kosten!", deutete Aurelia an.

„Sicherlich! Aber du musst dich deiner Angst stellen! Irgendwann wird Daria sterben und was dann?"

„Dann begleite ich sie nach oben und warte dort mit ihr auf unsere Kinder!", entgegnete Aurelia.

„Ich sehe, du hast dir da schon viele Gedanken darum gemacht, aber wozu dann die Angst?"

„Ich möchte nicht, dass Daria etwas zustößt, oder dass sie leiden muss!", seufzte Aurelia nachdenklich.

„Du bist ein Engel der Liebe! Deine Liebe wird sie beschützen. Alles Leid kann damit irgendwie von dir genommen werden. Und von ihr! Von jedem Menschen!", erklärte die Dämonin.

„Auch von einer Dämonin?"

„Hättest du mich dies vor ein paar tausend Jahren gefragt, so hätte ich nein gesagt. Jetzt sage ich dazu ein vielleicht!", entgegnete Lilith lächelnd.

„Ich danke dir! Ich muss dann mal los!", bemerkte Aurelia bei einem Blick zur Uhr und erhob sich aus dem Sessel. Die Arbeit in dem kleinen Zeitungsverlag würde sie sicherlich für den Rest des Tages ablenken.

Lilith erhob sich ebenfalls, umarmte die Tochter und verschwand mitten in dieser Umarmung einfach so.

Jetzt musste sich Aurelia beeilen, denn an diesem Abend konnte sie keine Überstunden machen!

Es würde ein Kinderabend!

## 3. Kapitel

# Im Dunkel der Nacht

*D*ie Party war echt der Hammer! Stundenlang hatte Hannah zuvor im Bad gestanden und sich dafür, Schicht für Schicht, vorbereitet.

Erst seit etwas mehr wie einem Jahr war sie in der Modebranche und schlug sich seitdem mit kleinen Aufträge eher schlecht durch ihr Leben. Hier mal ein paar Fotos, da ein Tag auf dem Laufsteg, aber der große Durchbruch war ihr bisher versagt geblieben.

Mit dem Sektglas in der Hand schlenderte sie an der Wand entlang und ihre Augen fixierten dabei unentwegt den Mann am anderen Ende des Raumes.

Er war derjenige, der ihr die Möglichkeit für ihren Erfolg bringen konnte.

Luc! Gutaussehend, schicker Anzug und steinreich!

Jede Frau in diesem Raume war gerade damit beschäftigt, ihm den besten Anblick von sich zu geben.

Luc hatte gerade eine Fotokampagne in der Vorbereitung, die der glücklichen Frau fast eine halbe Million Euro einbringen konnte. Und dazu kam dann natürlich noch der Bekanntheitsgrad des Models durch die Cover der Modezeitschriften!

Wie Bienen umschwirrten die anderen Frauen den Mann und da war für sie kein Durchkommen!

Hannah spielte mit ihren dunkelbraunen langen Locken, drehte sie sich lauernd um den Finger, nippte gelegentlich am Sekt und wartete auf die passende Gelegenheit, um zuzuschlagen.

Ihr Gehirn arbeitete dabei auf Hochtouren und suchte nach einer Gunst des Augenblicks!

Auf irgendeine Art und Weise musste sie die Aufmerksamkeit des Mannes auf sich ziehen.

Nur wie?

Seit Jahren wollte sie schon ein erfolgreiches Mannequin werden und hier war die Chance dazu!

Verzweifelt kramte sie in ihrem Hirn danach, wie sie den Blick des Mannes fangen konnte.

Ohne die anderen Frauen wäre das sicher kein Problem gewesen! Die kleine Operation vor drei Jahren hatte ihre Oberweite entsprechend ansehnlich wachsen lassen.

Schon lange hatte sie das machen lassen wollen, aber erst mit achtzehn hatte sie es dann durchführen können. Mit dem Geld aus einem Kredit, den sie auch noch ein paar Jahre zurückzahlen musste.

Mit dem Kleid am Leibe würde er ihre beiden schlagkräftigsten Argumente aber nicht sehen können!

Und dabei waren Männer doch ziemlich einfach gestrickt!

Sollte sie vielleicht einen kleinen Unfall vortäuschen, der dann das Kleid von ihrem Körper zog?

Im richtigen Moment und direkt vor Luc!

Nur wie?

Das durfte nicht zu plump aussehen, denn dann wäre sie bei ihm vielleicht unten durch! Es musste so wirken, dass er sie beschützend in den Arm nehmen konnte! Oder besitzergreifend an sich zog!

Suchend ging ihr Blick umher und blieb an einer Statue hängen. Die Hand der Figur war genau auf der richtigen Höhe und wenn sie es geschickt anstellen würde, dann konnte diese Engelsfigur ihr im Vorbeigehen beim Entkleiden helfen.

Langsam schob sie sich an die Marmorstatue heran. Ein letztes Mal nahm Hannah Maß und wartete anschließend, bis Luc in ihre Richtung sah.

Dann war der richtige Moment gekommen. Sie machte eine schnelle Drehung und der Engel hielt ihr Kleid am Arm.

Hannah stand im Spitzenslip nur vier Schritte vor Luc. Lange und wie erschrocken, bevor sie die Arme nach oben riss und ihre Brüste bedeckte. Sie erkannte in seinen Augen, dass ihm der Anblick gefallen hatte.

Luc kam auf sie zu, nahm das Kleidungsstück von der Figur und hielt es ihr hin.

Langsam zog sie sich das Kleid über und ließ ihm dabei einen Blick auf ihre Oberweite aus der nächsten Nähe zu. Jetzt hatte sie seine Aufmerksamkeit und spürte gleichzeitig den Neid der anderen Frauen.

Von da an blieb sie auf Tuchfühlung mit dem Mann.

Etwa eine Stunde später nickte er ihr zu und zeigte mit dem Kopf zur Tür. War das eine Aufforderung?

Hannah schob sich möglichst unauffällig nach draußen und wartete im Flur mit vor Aufregung heftig klopfendem Herzen darauf, dass er ihr folgen würde.

Damit stand sie draußen, hörte die Musik und das Gelächter von drinnen und zweifelte.

Mit jeder Minute wurde das Warten länger und unerträglicher.

Hatte sie ihn richtig verstanden? Wollte er ihr folgen oder hielt ihn jemand zurück?

Der Zweifel tobte durch ihren Kopf! Gerade als sie zurückgehen wollte, erschien Luc im Flur.

„Hast du etwas Zeit für mich? Ich wollte einen neuen Schauplatz für ein spektakuläres Shooting erkunden! Kommst du mit?", fragte der Mann.

„Gern!", entgegnete sie und lief neben ihm die Treppe hinab.

In der Tiefgarage stand ein schwarzer Sportwagen und wenig später brausten sie mit offenem Verdeck durch die laue Sommernacht.

Der nächste Job war zum Greifen nah und wenn sie das hier nicht verpatzte, dann war sie das Gesicht der nächsten Werbekampagne!

Der Wagen bog in eine Gasse ein, an deren Ende eine alte Fabrik dunkel und unheimlich vor ihnen lag.

Was wollten sie hier mitten in der Nacht? Wollte er sie testen? Ein bisschen gruselig war ihr das Ganze schon, aber da musste sie jetzt durch.

Der silberne Vollmond schob sich hinter den Wolken hervor und beleuchtete die Ruine mit den leeren Fensterhöhlen.

„Hast du Angst?", fragte Luc lauernd.

„Nein! Mir ist nur etwas kühl!", log sie, weil sie das Zittern nicht unterdrücken konnte.

„Komm schon!", entgegnete er.

Mit den High Heels stolperte sie über den Platz vor einem der Gebäude. Falls sie hier nicht vorsichtig war, dann würde sie sich ein Bein brechen und die Kampagne wäre damit in unendlich weiter Ferne!

Dann doch lieber barfuß gehen! Schnell streifte sie die Schuhe von den Füßen und behielt sie in einer Hand.

Luc zog sie an der anderen in das Bauwerk hinein.

Der Mond schien auch hier herein und beleuchtete einen ziemlich kahlen Raum. Nur ein Tisch befand sich darin.

„Wie passend!", bemerkte Luc.

Hannah legte ihre Handtasche auf die Tischplatte, stellte die Schuhe ab und schaute den Mann an. Die Gier war in seinem Blick und im Silberlicht funkelten seine Augen, wie die eines hungrigen Wolfes.

Luc trat an sie heran, schob einen der Träger von ihrer Schulter und betastete sogleich ihre dadurch entblößte Brust. Es schien ihm zu gefallen, denn er schnalzte mit der Zunge und befreite sie einen Moment danach von ihrem Slip, den er ihr einfach vom Körper riss.

Er drückte sie zurück und nach nur einem Wimpernschlag lag sie mit dem Rücken auf dem Tisch.

Der Mond verschwand und mit ihm das Licht. In der Dunkelheit des Raumes spürte sie seine Hände durch den Kleiderstoff auf ihrem Körper. Es schien ihr so, als ob er ihre Qualitäten als Modell testete.

Hannah wusste genau, was er wollte: Sex gegen den Job!

Aber warum nicht?

„Warte!", hauchte sie, rutschte vom Tisch und kniete sich vor ihm auf den Betonboden.

Der Silberschein flutete den Raum kurzfristig und zeigte ihr, dass Luc die Hose schon offen hatte.

Eigentlich war das nicht ihre Art, in solch einem dreckigen Raum zu sein, aber sie war schon zu lange in der Branche, um zu wissen, dass die besten Jobs nur über die Besetzungscouch zu bekommen waren. Oder in diesem Falle eben über einen dreckigen Tisch!

Mit Hand, Mund und Zunge brachte sie ihn geschickt auf die benötigte Härte.

Leise stöhnend sah ihr Luc zu und genoss das Bild, das sich ihm bot.

Hannah blickte ihm von unten in die Augen und er ließ sie einfach machen.

Sie schob den Kopf vorwärts und nahm ihn tiefer in sich auf.

Der Mann begann zu keuchen, als Hannah langsam ihren Kopf vor- und zurückbewegte und es dauerte nicht lange, da legte er ihr sanft beide Hände auf den Hinterkopf, aber er ließ sie einfach weitermachen.

Stöhnend warf er seinen Kopf zurück.

„Du bist gut!", stieß er gepresst aus.

Sie ließ ihn aus ihrem Mund rutschen und blickte abermals zu ihm nach oben, ihm direkt in die Augen.

„Habe ich den Job?", fragte sie von unten.

Er sagte ihr das sofort zu.

War die Anstellung ihr damit wirklich sicher? Was würde der nächste Tag bringen? War sie nur ein Abenteuer für Luc?

Vielleicht, aber jede Zurückweisung würde sie jetzt das Engagement ganz sicher kosten!

Hannah erhob sich, schob sich rückwärts an den Tisch, zog sich das Kleid bis zu den Hüften herauf, setzte sich mit dem nackten Hintern auf die sicherlich schmutzige Tischplatte und zog ihn mit den Armen zu sich.

Das Mondlicht erlosch.

Luc griff mit beiden Händen zu ihren Hüften.

Hannah spürte in der Finsternis nur noch intensiver, wie er in sie glitt. Mit ihren Beinen umklammerte sie den Mann, zog ihn noch näher zu sich heran und gleichzeitig in sich hinein.

Luc drückte ihren Oberkörper zurück, bis sie auf dem Tisch lag und stieß kraftvoll zu.

Er befreite sich von der Umklammerung ihrer Beine, zog diese nach vorn und hielt sich an ihren gebeugten Oberschenkeln fest.

Stoß für Stoß traf sie tief und ließ sie vor Lust stöhnen. Knallend traf der Tisch immer wieder die dahinter befindliche Wand der Ruine.

Luc schnaufte vor Anstrengung und es war vollkommen finster, doch das machte die Sache nur noch erregender für sie!

Keuchend lag sie in der Dunkelheit und hielt sich mit beiden Händen an der Tischplatte fest, damit sein Ansturm sie nicht von dem Möbelstück fegen würde.

Sie spürte, wie sich Luc aufbäumte und der erste Schub sie warm füllte, da riss er sein Glied aus ihr heraus. Der zweite Strahl traf ihren Bauch und Luc zog an ihren Beinen, wodurch sie mit dem Oberkörper nach oben kam. Im Aufrichten schlug ihr jemand gegen den Kopf.

Kurz sah sie Sterne und obwohl es schon dunkel war, wurde es ihr daraufhin schwarz vor ihren Augen.

Hannah kippte vom Tisch und verlor das Bewusstsein.

## 4. Kapitel
# Alles unter Kontrolle?

$\mathcal{D}$ ie Bürotür öffnete sich, während der Kommissar genüsslich seinen ersten Kaffee trank. Fritz, sein Assistent, trat in das Zimmer und brachte einen Ordner mit.

„Der Tote gestern im Park war ein alter Bekannter von uns. Maskenfranz!", sagte Fritz.

„Ja da schau her. Der Franz! Hat ihn sein Trieb jetzt doch das Ende gebracht!", entgegnete der Kommissar.

„Ja, aber es war nicht das Potenzmittel! Das muss wohl irgendwer anderes dort verloren haben. Jemand hat ihm das Genick gebrochen!", erklärte Fritz und schlug die Akte auf.

„Da ist er wohl diesmal an die Falsche gekommen! Seit Jahren suchen wir den nun schon! Hat sich die Frau schon irgendwo gemeldet? Bei uns? Im Krankenhaus?", fragte der Kommissar und blätterte in dem Dokument herum.

„Nein! Noch nicht!"

„Haben wir ihre Spuren an ihm gefunden?", erkundigte sich der Kommissar und suchte die entsprechende Stelle im Bericht.

„Eventuell! Es war etwas Blut an seinem Penis!", bestätigte Fritz, bevor der Kommissar die richtige Seite finden konnte.

„Schreibe die Frau zur Fahndung aus. Es war zwar Notwehr, aber es bleibt dennoch ein Totschlag! Leider!", sagte der Kommissar und klappte den Ordner zu.

„Mache ich!"

„Und schau dich mal in der Kampfsportszene um. Jemanden das Genick zu brechen, dazu bedarf es schon etwas Kraft und Übung!", setzte der Kommissar noch hinzu.

Fritz war unterwegs und der Kommissar klappte den Ordner abermals auf.

Die Vorstrafen von Franz waren jedem hier bekannt. Seit zwei Jahren jagte ihn die Mordkommission jetzt schon. Mit diesem Fall hier konnte auch die andere Akte endlich geschlossen werden.

In die Lektüre vertieft, trank er den Kaffee, als das Telefon klingelte.

„Wir haben noch einen Toten! In der alten Fabrik!", hörte er Fritz und sah missmutig in die noch fast volle Tasse.

„Ich bin unterwegs!", entgegnete der Kommissar.

Neuerdings sauste der schwere Wagen mit Blaulicht durch die Straßen. Das verfallene Werksgelände lag nur ein paar hundert Meter hinter dem Park und sogar in der Richtung, in welche die alte Frau am Vortag gezeigt hatte.

Gab es da einen Zusammenhang?

Er trat das Pedal bis zum Bodenblech durch. Zwar kam für das Opfer jede Hilfe zu spät, aber der Wissensdrang jagte ihn.

Zwei Tote an zwei Tagen hintereinander! Falls es da auch noch einen Zusammenhang gab, dann konnte das der Beginn einer Serie sein und er musste es stoppen, bevor es vollständig außer Kontrolle geriet.

Er bremste den Wagen vor dem Tor ab, das schief in den Angeln hing. Der angrenzende Maschendrahtzaun umschloss mehr als lückenhaft ein Ruinen- und Trümmerfeld, das einen Schandfleck mitten in der Stadt darstellte.

Eigentlich sollte hier seit langem ein Hotel gebaut werden, aber gegenwärtig sah es noch nicht so aus.

Der Kommissar ging über den staubigen Platz und schaute sich dabei um. Früher war das einmal einer der besten Betriebe der Stadt, aber jetzt waren es nur noch bauliche Überreste mit leeren Fensterlöchern und zum Teil eingestürzten Dächern.

Vor Jahren hatte auch sein Vater noch in dieser Firma gearbeitet, doch inzwischen waren die Gebäude verwaist.

Er trat an eines der noch etwas besser erhaltenen Gebäude heran, setzte seinen Fuß auf die Schwelle des Einganges und blickte hinein.

Manchmal kamen hier ein paar Jugendliche her, um Partys zu feiern und die leeren Flaschen in dem Raum zeugten offenbar davon. Graffitis an den Wänden präsentierten die Abbildungen von wilden Kreaturen.

Irgendjemand hatte daran geübt, wie man einen Lindwurm zeichnete. Von Wand zu Wand wurde er offensichtlich besser und in dem Raum, in dem ihm dies wohl am besten gelungen war, suchte die KTU gerade nach Spuren.

Durch ein Fenster konnte der Kommissar die Absperrung draußen sehen und wie immer hatte sich eine Gruppe Schaulustiger eingefunden. Selbst in dieser abgelegenen Gegend ging das offenbar ganz schnell!

Er machte mit dem Handy ein paar Fotos von ihnen, denn schon oft war der Täter wieder an den Tatort zurückgekommen, um sich über den Stand der Ermittlungen zu informieren.

Dann trat er an die Tür und blickte in den Raum.

Sein Freund Egon kam auf ihn zu, schob sich die Kapuze des Anzuges zurück und begrüßte ihn mit einem Handschlag.

„Wie gestern! Ein toter Mann!", sagte Egon und gab den Weg frei.

Zu zweit betraten sie das Kabuff. Ein dreckiger Tisch stand an der hinteren Wand des Zimmers. Der Drachen befand sich praktisch darüber und hatte sein Maul weit aufgerissen.

Vor diesem Tisch lag ein Mann mittleren Alters in einem extrem gut sitzenden Anzug! Die Hose stand offen, wie bei Franz, aber seine Kleidung passte so gar nicht hier her.

Der Kommissar hockte sich neben die Leiche.

„Die Schuhe kosten mehr, als ich im Monat verdiene!", bemerkte Egon hinter ihm.

„Und dieser Anzug mehr, als ich in einem Jahr! Italienische Handarbeit!", setzte der Kommissar hinzu. „Was macht so ein Mann hier?", fragte er weiter.

„Eine ungestörte Nummer schieben!", äußerte sich Egon und klappte seinen Koffer geräuschvoll zu.

„Der hätte jede Frau der Stadt in jedes Nobelhotel der Welt bringen können!", antwortete der Kommissar und erhob sich.

„Vielleicht war es gerade der Schmutz des Verruchten, der ihn so aufgegeilt hatte. Oder er musste schnell etwas loswerden und war gerade in der Nähe!", erklärte Egon und zuckte mit den Schultern.

„Habt ihr Spuren einer Frau gefunden?", erkundigte sich der Kommissar und blickte sich in der Bruchbude um.

„Ja! Zwei Schuhe und einen Slip! Aber ob die von letzter Nacht sind, das muss das Labor erst noch feststellen! Das könnte auch alles schon länger hier liegen", erzählte Egon.

„Welche Größe?"

„Die High Heels sind eine 38", setzte Egon hinzu und zeigte ihm noch eine Plastiktüte mit einem zerrissenen schwarzen Spitzenslip. Für die Jugendlichen war der viel zu vornehm!

„Der Slip könnte eventuell zu der Frau von gestern aus dem Park passen! Vielleicht ist sie nach der Vergewaltigung nun auf einem Kreuzzug gegen die Männer!", bemerkte der Kommissar und kratze sich am Kinn.

„Das musst du herausfinden, Peter!"

„Danke Egon!"

Egon gab ihm die persönlichen Gegenstände des Toten und zusammen verließen sie den Raum.

Sofern es ein Raubüberfall gewesen wäre, hätten die Täter sicherlich nicht die Brieftasche dagelassen und das teure Handy zeigte auch an, dass es wohl keine Jugendlichen gewesen waren, die ihn getötet hatten.

Und es gab auch kein Blut am Tatort.

„Habe ich es nicht gesagt?", fragte Peter und hob eine Hotelkarte aus der Brieftasche des Toten. Das teuerste Hotel der ganzen Stadt.

„Sicher hat er da eine Suite!", entgegnete ihm Egon.

Der Kommissar nickte und trat auf die Freifläche vor dem Gebäude hinaus.

Die Gruppe der Schaulustigen fing jetzt erneut seinen Blick ein. Einen nach dem anderen sah er sich über zwanzig Meter Entfernung an, dann stutzte er.

„Ich glaube, ich habe die Täterin! Oder zumindest eine Verdächtige!", sagte er zu Egon.

„Diesen Hund da, denn habe ich gestern schon einmal gesehen! Am anderen Tatort!", setzte Peter hinzu und ging auf die Frau zu, die einen kleinen weißen Hund auf ihren Armen trug.

Wenige Schritte später stand er vor ihr.

„Wer sind sie?", befragte er sie.

„Aurelia. Aurelia Engel", antwortete sie und streichelte dabei den Hund.

„Haben sie hier etwas gesehen?", erkundigte er sich.

„Ich war nur mit dem Hund hier spazieren!"

„Können sie sich ausweisen?", fragte Peter weiter.

„Natürlich!", entgegnete sie, setzte den Hund zu Boden und kramte in einer kleinen Handtasche herum.

Unnötig lang kam ihm dies vor.

Auf ein unauffälliges Handzeichen von ihm kam einer der uniformierten Polizisten zu ihnen herüber.

„Haben sie ihren Ausweis vielleicht zu Hause vergessen?", erkundigte sich Peter lauernd.

„Nein! Hier ist er!", erklärte sie und holte die Plastikkarte aus ihrer Tasche.

„Der ist gefälscht!", sagte Peter nach einem Blick auf das Dokument.

Sofort schnappten die Handschellen zu, denn wenn sie wirklich die Täterin war, dann mussten sie vorsichtig sein.

Die Frau sah überrascht aus und in der Gruppe der Menschen wurde ein Tuscheln laut.

## 5. Kapitel
# Spiel mit der Angst?

Hannah kam wieder zu sich, aber auch mit offenen Augen konnte sie nichts sehen. Sie spürte nur, dass sie irgendwo saß, mit dem Rücken an einer kalten Wand lehnte und einen kühlen Betonfußboden unter ihren nackten Fußsohlen hatte.

Vollständige Dunkelheit umgab sie und ihr Kopf tat ihr weh.

Die Finsternis ließ sie ihren eigenen Atem und den Herzschlag überdeutlich laut wahrnehmen.

Den Kopf in die Hände gestützt fragte sie sich, wo sie sich hier befand und was passiert war.

Nur langsam setzten sich die letzten Minuten in ihrem Geiste wieder zusammen.

Luc, die Ruine, der Sex und der Schlag gegen ihre Schläfe!

Befand sie sich noch in der Fabrik?

Was war mit Luc geschehen?

Fragen über Fragen sausten durch ihren Kopf. Und warum war das hier so dunkel? Der Mond musste doch irgendwo zu sehen sein. Oder die Lichter der Stadt!

War es noch ein Teil des Spieles? Wollte Luc sie testen, wie taff sie war? Ob sie vor Angst weinen würde?

„Luc!", rief sie, aber der Ruf klang sonderbar dumpf.

Es musste ein kleiner Raum sein, in dem sie sich befand.

Vorsichtig schob sie sich an der Wand empor und begann sich daran entlangzutasten.

Nach der dritten Ecke berührte sie eine Tür aus Metall. Mit aller Kraft rüttelte sie an der Klinke, aber die Tür war versperrt.

Gab es noch einen anderen Ausgang?

Weiter ging die Suche nach einer Fluchtmöglichkeit, aber ein paar Dutzend Schritte und ein paar Ecken später erreichten ihre Finger erneut die verriegelte Tür.

Es war anscheinend ein fensterloser Raum von etwa fünf Metern im Quadrat, mit nur einer Ausgangstür und diese war fest verschlossen.

Rütteln, dagegen Hämmern und Schreien war alles, was Hannah noch tun konnte.

Warum hatte Luc sie hier eingesperrt? Oder war es jemand anderes gewesen, der sie beim Sex überrascht und dann hier im Dunklen eingeschlossen hatte? Wo befand sich dann Luc? Holte er vielleicht schon die Polizei?

Kurz keimte Hoffnung auf, bevor ein neuer Schreck durch ihren Leib sauste: denn wenn es Luc gewesen war, der sie hier eingesperrt hatte, dann wusste niemand, wohin sie gefahren waren.

Das Handy war in der Handtasche und die hatte auf dem Tisch gelegen. Oder war die etwa jetzt hier?

Auf allen vieren begann Hannah den Fußboden abzusuchen, aber der Raum war vollkommen leer.

Vermutlich lag die Handtasche noch in dem anderen Raum oder war bei Luc.

Wie spät mochte es wohl momentan sein? War es schon Tag und waren damit eventuell Menschen in der Nähe, die ihre Rufe vernehmen konnten? Einen Versuch war es sicher wert.

Hannah hämmerte mit den bloßen Händen immer weiter gegen das Stahlblech der Tür. Das musste doch zu hören sein.

Irgendwann taten ihr die Hände so sehr weh, dass sie nicht mehr konnte.

Jetzt ging das Spiel aber eindeutig zu weit!

Schwach schleppte sich Hannah zur gegenüberliegenden Wand, rutschte langsam in sich und hockte einen Augenblick später erneut auf dem Boden.

Die Ellenbogen auf die angewinkelten Knie und den Kopf in den Händen gestützt dachte sie nach.

„Wie konnte ich nur so dumm sein!", sagte sie vor sich hin.

Die Aussicht auf diesen tollen Job hatte sie unvorsichtig werden lassen.

„Selbst schuld!", würde die große Schwester jetzt wohl sagen. Rita hatte ihr immer von den Modeljobs abgeraten. Jedes Mal hatte die Schwester neue Horrorgeschichten über missbrauchte Fotomodels erzählt. Von billigen Absteigen in Mailand. Von Aufträgen gegen erzwungenen Sex.

Lachend hatte Hannah dabei bisher abgewunken und nun war sie Luc selbst auf den Leim gegangen.

„Lieber Gott! Wenn ich hier lebend rauskomme, dann suche ich mir was anderes! Bitte hilf mir!", flüsterte sie zur Zimmerdecke hinauf.

Apathie senkte sich von dort auf sie herab. Vielleicht war es die Erkenntnis, dass sie diesen dunklen Raum eventuell niemals wieder verlassen würde!

Dieses Spiel war eindeutig Mist!

Falls Luc sie einfach zurückgelassen hatte, dann würde sie hier langsam verhungern und verdursten.

Ein paar Tage konnte ein Mensch ohne Wasser überleben. Zumindest hatte ihr das der Vater vor Jahren erzählt.

Da gab es so eine seltsame Formel, wie ihr jetzt wiederum einfiel. Drei Minuten ohne Luft, drei Tage ohne Wasser und drei Wochen ohne Nahrung. Hatte sie das richtig behalten? Oder waren es jeweils fünf? Doch was für eine Rolle spielte das schon?

Verzweiflung bohrte sich in ihr Herz und drückte es schmerzlich zusammen.

Warum? Dieses eine Wort sprang sie an, wie ein Tiger. Sie hatte doch gar nichts gemacht, und wenn das mit dem Job nicht geklappt hätte, dann wäre das auch nicht so schlimm gewesen.

„Luc!", brüllte sie. Es war Fordern und Flehen zugleich.

Ein neues „Warum?" rauschte durch ihren Kopf und fand keine Antwort. Alle ihre Hoffnung klammerte sich nun an den Mann, der sie erst in diese Lage gebracht hatte.

Nach unendlicher Ewigkeit öffnete sich vor ihr die Tür und Hannah war durch den Lichtstrahl geblendet.

Eine dunkle Gestalt schob sich leise in den Raum und schloss die Tür hinter sich.

Neuerdings war Dunkelheit um sie herum und kein Laut war zu hören.

Hatten ihre Sinne ihr einen Streich gespielt?

Geräuschlos erhob sie sich, denn wenn sie ihn nicht sah, dann konnte er sie auch nicht sehen.

Seitwärts schob sie sich an der Wand entlang, aber so sehr sich Hannah auch anstrengte, es drang kein Geräusch an ihr Ohr. Nur der eigene hämmernde Herzschlag war laut zu vernehmen.

In die Stille hinein legte sich jählings eine große Hand auf Mund und Nase.

„Schscht!", hörte sie ein Wispern an ihrem Ohr.

Der Tonfall beruhigte sie sofort.

Ein seltsames Gefühl der Geborgenheit stellte sich bei ihr ein. Komisch fand sie es, aber wenn das zum Spiel gehörte, dann wollte sie mal nicht so sein.

Sie ließ sich die Hände hinter dem Körper fesseln, dann ging er und ließ sie so stehen.

Zumindest wusste sie nun, dass sie nicht alleine war.

Die Angst war fern und er hatte einen unbeschreiblichen Duft hinterlassen!

Hannah setzte sie wieder auf den Boden und wartete.

Sie hatte ja schon gehört, dass manche Agenturen seltsame Prüfungen mit ihren Models machten, aber das hier war etwas, was sie noch nie zuvor vernommen hatte.

Sie musste sich fügen und warten, oder sie würde den gutbezahlten Job verlieren.

Eine halbe Million Euro gegen ein paar Stunden hier? Oder gegen ein paar Mal Sex?

Sie fügte sich und wartete.

Erneut schob der Mann die Tür auf und ein gleißend heller Lichtstrahl zwang sie, die Augen abermals zu schließen. Dann war es wieder dunkel.

Hannah öffnete die Lider, aber zu erkennen war nichts. War die Gestalt gegangen? Hatte er nur sehen wollen, ob sie noch da war?

Wohin hätte sie verschwinden können? Gab es also doch eine Möglichkeit zur Flucht und sie hatte sie nur noch nicht bemerkt?

Ein Duft hüllte sie ein und dieser war unbeschreiblich sinnlich! Er füllte ihren Kopf, aber wo kam der her?

Von dem Mann? War er noch hier? In ihrer unmittelbaren Nähe? Abermals lauschte sie in die Dunkelheit, konnte aber nichts hören.

Unvermittelt streifte eine Hand ihren Hals und eine zweite zog ihr im Sitzen das ohnehin schon beschädigte Kleid mit einem Ruck vom Leib.

Hannah stemmte sich hoch und er drückte sie mit dem Rücken gegen die Wand.

Während eine Hand sie stützte, griff die andere eines ihrer Beine am Knie, zog es hoch und Hannah spürte, wie etwas Hartes ihren Unterleib streifte.

Unglaublich sanft glitt er in sie. Wenn das Luc war, dann war da irgendetwas mit ihm geschehen, denn dieser Sex war einfach unglaublich!

Nicht so ruppig, wie auf dem dreckigen Tisch. Sinnlich, streichelnd, sanft und langsam. Genau ihr Tempo!

In der Dunkelheit nahm sie alles viel intensiver wahr.

Hannah keuchte vor Lust. Das war der Wahnsinn!

Ohne einen Ton von sich zu geben, liebte der Mann sie leidenschaftlich.

Sein Duft wurde immer stärker und schließlich kam Hannah stöhnend in seinen Armen. Ihre Knie wurden weich und zitterten.

Er hielt sie, wich aber ihren Küssen aus.

## 6. Kapitel

# Ein kleiner Schönheitsfehler

Sie versuchte mit dem Tuch die schwarzen Finger sauber zu bekommen, was allerdings mit den Handschellen nicht so einfach war. Im Vernehmungszimmer wartete Aurelia auf die Polizisten.

In der letzten Stunde hatte sie all das durchlaufen, was sie sonst nur vom Krimi im Fernsehen kannte: Fotos, Abnahme der DNA, Fingerabdrücke und jetzt saß sie eben hier.

Warum war sie überhaupt auf der Wache? Der Polizist hatte gesagt, dass der Ausweis gefälscht war, aber wie hatte er das so schnell bemerkt?

Natürlich hatte Lilith ihr die Papiere besorgt, aber die Mutter wäre doch sicher nicht so nachlässig gewesen und hätte sie damit wissentlich in Gefahr gebracht.

Aurelia lehnte sich in dem knarrenden Holzstuhl zurück, schlug die Beine übereinander und warf das zerknüllte Tempotaschentuch in den Papierkorb neben dem Tisch.

Sie sah sich in dem Spiegel an, der die ganze Wand einnahm. Sicherlich stand da ein Polizist dahinter und beobachtete sie, aber sie hatte ja nichts gemacht. Was wollten die Männer von ihr?

Einige Minuten später öffnete sich die Tür. Der Polizist in Zivil, der sie verhaftet hatte, kam mit einem Ordner in der Hand zum Tisch, setzte sich und holte den Ausweis aus einer Plastikfolie.

„Mein Name ist Kommissar Sommermäusel", begann er.

Aurelia musste sich das Lachen verkneifen. So ein komischer Name!

„Sie sind also Aurelia Engel. Wohnhaft in der Sommerfelder Straße 12a?", setzte er ungerührt fort.

„Ja! Was werfen sie mir vor?", fragte sie.

„Sie sind also 129 Jahre alt? Ich hätte sie jünger eingeschätzt!", erklärte er spöttisch und hielt ihr bei diesen Worten den Ausweis vor die Nase.

Zum ersten Mal las Aurelia die kleine Zahl am unteren Rand des Ausweises.

„Hmmm! Eigentlich bin ich erst 29. Da muss es wohl einen Fehler bei der Pass- und Meldebehörde gegeben haben", log Aurelia.

Schließlich konnte sie ihm ja nicht sagen, dass sie schon über zweitausend Jahre alt war, denn dann hätte er sie vermutlich sofort in eine geschlossene Abteilung der Psychiatrie verbracht.

Allerdings musste sie jetzt eine brauchbare Geschichte als Ausrede erfinden, und zwar schnell.

„Die machen normalerweise keine Fehler!",
entgegnete der Kommissar und schob den Ausweis zurück in die Hülle.

„Ich bin vor zehn Jahren erst wieder aus England zurückgekommen und habe einen neuen Ausweis gebraucht. Vielleicht habe ich mich damals bei dem Formular vertan. Aber warum trage ich die hier noch? Ich laufe ihnen schon nicht fort!", sagte Aurelia und hob die gefesselten Hände.

Der Kommissar ignorierte die Frage und entgegnete: „Haben sie ihren englischen Pass noch?"

„Ja! Zu Hause! Meine Freundin könnte ihn holen! Darf ich sie mal anrufen? Und wo ist überhaupt Paulchen?", antwortete sie.

„Wer?", entgegnete der Kommissar.

„Na mein Hund! Klein, weiß, flauschiges Fell, sie erinnern sich?", fragte Aurelia.

„Der ist draußen bei den Kollegen. Später können sie anrufen, jetzt habe ich erst mal ein paar Fragen!", setzte er ungerührt fort.

Aurelia legte die Hände zurück in ihren Schoß und erwartete die Fragestellungen.

Der Kommissar blätterte in der Akte und zog zwei Fotos heraus. Beide zeigten sie mit Paulchen.

„Das eine wurde gestern gemacht und das andere heute! Sie waren an beiden Tatorten. Warum?"

„Der Hund musste mal raus. Gestern im Park und heute bei der Fabrik. Das ist unser täglicher Weg! Sie haben wohl keinen Hund? Oder?", entgegnete Aurelia spöttisch.

„Ich stelle hier die Fragen!", sagte der Mann.

„Und ich habe geantwortet! Ich wollte einfach sehen, was da los war! Blaulicht, Polizei und dutzende Menschen waren dort! Ich arbeite bei einer Zeitung und hätte die Kollegen mit Material aus erster Hand versorgen können!", erklärte Aurelia.

„Bei welcher?", fragte der Kommissar.

„Dem Tagesblatt!"

Der Kommissar nahm die beiden Bilder zu sich und drehte dann eines davon um.

„Da steht der Redakteur des Lokalteiles nur zwei Meter neben ihnen!", entgegnete er grinsend.

„Na und? Schon mal was von weiblicher Neugier gehört?", gab sie ihm zurück.

Langsam begann ihr dieses Gespräch auf die Nerven zu gehen.

„Was machen sie denn da beim Tagesblatt?", wollte er nun wissen.

„Ich schreibe eine tägliche Kolumne. So was Ähnliches, wie der Doktor Sommer! So über Sex,

Liebesdinge und beantworte diesbezügliche Leserzuschriften!", erläuterte Aurelia.

„Das fällt Mord und Totschlag ja genau in ihr Ressort!", setzte er ihr grinsend entgegen.

„Sie sagen es Herr Kommissar! Kann ich jetzt also mit Daria telefonieren, damit sie mir die hier endlich losmachen?", fragte sie und hob nochmals die gefesselten Hände.

Der Kommissar kratzte sich nachdenklich am Kopf.

„Also im Fernsehen haben die Kommissare nicht so eine Angst vor einer unbewaffneten Frau! Ich beiße sie schon nicht! Und wenn doch, dann würde mich das bisschen Stahl am Handgelenk auch nicht davon abbringen! Oder?", bemerkte Aurelia.

„Das Telefon ist in meiner Handtasche!", setzte Aurelia nach einem Moment hinzu und lehnte sich zurück.

„Na gut! Ich hole es", sagte der Mann und ging.

„Lilith!", rief Aurelia, als der Mann die Tür hinter sich geschlossen hatte.

Die Dämonin erschien fast sofort.

„Du hast mich in meinem Ausweis fast hundertdreißig Jahre alt gemacht!", flüsterte Aurelia der Mutter ins Ohr.

„Ups! Wie konnte denn das nur passieren?", antwortete Lilith erstaunt.

„Egal! Gib Daria einen englischen Pass von mir, mit hundert Jahren weniger!", wisperte Aurelia.

„OK!", sagte die Dämonin und verschwand.

Im selben Moment erschien der Kommissar mit dem Telefon.

Um Lilith etwas Vorsprung zu geben, stellte sich Aurelia ziemlich unbeholfen an.

Erst nach fünf Minuten konnte sie Daria anrufen.

„Du Schatz! Ich bin hier auf der Wache. Der Kommissar Sommermäusel hält mich hier fest, weil mein Ausweis nicht korrekt ist. Kannst du meinen englischen Pass mal bitte aus dem Fach in meinem Nachtschränkchen holen und herbringen? Danke dir!", flötete Aurelia, schob das Handy zurück und fragte: „Können sie mir bitte jetzt endlich diese Dinger abmachen?"

Erneut hielt sie ihm die Handschellen hin.

„Sonst noch Wünsche?", antwortete der Kommissar sichtlich genervt.

„Meinen Hund und einen Kaffee mit Milch und zwei Stücken Zucker, wenn sie schon so fragen!"

Der Kommissar ging, ohne ihr die Hände zu befreien. Wenig später hatte sie Paulchen wieder im Arm und der Kaffee stand auch vor ihr.

Trotzdem musste sie noch zwei weitere Male fragen, bevor der Kommissar endlich den Schlüssel nahm, um sie von diesem bizarren Armschmuck zu befreien.

„Wie lange braucht den ihre Freundin?", fragte er nach einer Stunde.

„Das kann schon eine Weile dauern. Ich habe sie vorhin geweckt. Daria war auf einer Party mit irgend so einem Modefuzzi. Luc Dingsbums! Ich kann mir die Namen nie merken!", konterte Aurelia.

„Luc Detrox?", entgegnete der Kommissar auffallend interessiert.

„Kann sein!", erklärte Aurelia und schmuste mit dem Hund.

„Das war das Opfer heute früh! Sind sie manchmal etwas eifersüchtig auf ihre Freundin? Und wo waren sie heute Nacht?", erkundigte sich jetzt der Kommissar.

„Nein und zu Hause! Ich musste auf unsere vier Kinder aufpassen! Haben sie Kinder?", antwortete sie.

„Nein!", war die Antwort des jetzt wieder sichtlich genervten Mannes.

Die Tür öffnete sich und ein anderer Polizist in Zivil trat in den Raum. Er flüsterte dem Kommissar etwas zu und beide gingen anschließend aus dem Raum.

Aurelia würde also weiter ausharren müssen.

Ihr war langweilig, sie blickte sich um und kraulte den Hund.

## 7. Kapitel

# Spurensuche

Irgendetwas Geheimnisvolles ging von dieser Frau aus. Gerade saß sie vor ihm. Hübsch war sie und ganz schön frech. Eigentlich war das ein Beweis dafür, dass sie nichts mit der Sache zu tun hatte.

Peter kannte seine üblichen Verdächtigen. Seit mehr als fünfzehn Jahren machte er nun schon Vernehmungen und konnte mit einem Blick feststellen, ob da etwas zu finden war oder nicht.

Allerdings gab es eben auch Ausnahmen! Psychopathen und Soziopathen konnten einen anlächeln und im nächsten Augenblick an die Kehle springen.

In Anbetracht der Verletzungen der beiden Opfer hatte er es für besser gehalten, die Handschellen etwas länger an den Händen von Frau Engel zu belassen.

Im Moment saß sie gelassen vor ihm, streichelte ihren Hund und trank den Kaffee aus dem Automaten, der ihm einen Würgereiz beschert hätte.

Ihr Lächeln war angenehm, aber er blieb lieber in Lauerstellung und beobachtete jede ihrer Bewegungen.

Vorsicht war hier geboten, denn sowohl Maskenfranz, als auch dieser Modemensch waren durchtrainiert gewesen.

Sicherlich hatten beide Männer viel Zeit im Fitnessstudio verbracht und so jemanden brach man nicht einfach so einen Halswirbel! Da gehörte viel Kraft dazu, oder eine gewisse Technik, wie man sie im Karate oder Ninjitsu erlernte.

Zumindest stand es so im Obduktionsbericht. Kraft hatte diese zierliche Frau sicher nicht viel, aber konnte er wissen, ob sie nicht in irgendeinem Sportstudio eine geheime Kampfkunst lernte?

Sie war ja in England gewesen und wer weiß wo noch. Die Sache mit der Jahreszahl war nur ein kleiner Verstoß, aber es hatte gereicht, um sie zur Vernehmung hier hereinzuholen.

Der Richter würde das als Haftgrund sicherlich sofort ablehnen, aber sie hatte schon zugegeben, dass sie das zweite Opfer gekannt hatte. Und wenn da zwischen ihrer Freundin Daria und Luc irgendetwas gelaufen war, dann hätte sie zumindest für diese Tat auch ein Motiv!

Fritz trat an ihn heran und sagte ihm, dass die Freundin von Frau Engel erschienen war. Wenn das diese Daria war, dann würde er sie zuerst mal befragen. Offensichtlich spielte ihm hier gerade der Zufall ein paar Informationen in die Hände.

Wenig später stand er ihr im Flur gegenüber. Die Frau war wirklich sehr hübsch, wenn auch für seinen Geschmack für ein Mannequin etwas zu klein.

Er hatte sich die Models immer gertenschlank und riesengroß vorgestellt und Daria war fast das Gegenteil davon.

War es wirklich Daria?

Peter ließ sich zuerst den Ausweis zeigen, aber der war in Ordnung.

„So, wie sie gerade geguckt haben, haben sie sich sicherlich gefragt, wie so ein kleines Pummelchen Modell sein kann. Oder?", fragte die Frau mit einem Lächeln im Gesicht.

Er war gezwungen zu nicken und zeigte auf die Tür eines freien Vernehmungszimmers.

„Ich sollte doch nur den Ausweis bringen und wollte Aurelia gleich mitnehmen!", entgegnete sie zweifelnd.

„Ich habe aber noch ein paar Fragen an sie!", antwortete er und zeigte erneut fordernd auf die offenstehende Zimmertür.

„Na gut, wenn es sein muss!", seufzte sie.

Eine Minute später saßen sie an dem Tisch.

„Zu ihrer Party gestern Abend! Waren sie da? Bei diesem Luc Detrox?", erkundigte sich Peter.

„Ja! Alle Models waren dort. Obwohl ich an ihrem Blick sehe, dass sie mir immer noch nicht zutrauen, eines zu sein! Ich habe heute nur dicke Sachen an!", erklärte Daria und öffnete den Hoodie. Darunter war sie wirklich schlank, wenn auch etwas klein. Sicher nicht mal einen Meter und siebzig Zentimeter!

„Wusste Frau Engel davon und kennen sie Mister Detrox persönlich?", begann er die Vernehmung.

„Ja und leider nein! Ja, Aurelia wusste es und nein, Luc kennt mich nicht. Ich bin ihm nicht groß genug. Er hat mich bedauerlicherweise glatt übersehen!", antwortete Daria.

„Macht sie so etwas nicht zornig? Sie arbeiten sicher schwer dafür und dann fehlen so ein paar Zentimeter am Erfolg?", fragte er lauernd.

„Ich bin das gewohnt. Die Party war trotzdem sehr schön. Ich habe einen Vertrag bei Aurelias Schwester Petra, da habe ich mein gutes Auskommen", erklärte Daria und lehnte sich zurück.

„Gab es bei der Party etwas Besonderes?", wollte Peter nun wissen.

Daria blickte zur Zimmerdecke und schien zu überlegen, dann schaute sie ihn wieder an.

„Musik und Drinks, unzählige hübsche Models und ein paar Männer. Nicht wirklich viel Außergewöhnliches. Bis auf eines vielleicht. Meiner Freundin Hannah ist das Kleid zerrissen. Vermutlich absichtlich, denn es ist genau vor Luc geschehen. Später ist zuerst sie und dann Luc verschwunden. Eigentlich hatte Hannah mir zugesagt, mich mit ihrem Auto nach Hause zu bringen, doch leider musste ich ein Taxi nehmen. Ich hoffe für sie, dass sich das Blankziehen wenigstens gelohnt hat", erzählte sie.

„Wo wohnt diese Freundin?"

„In meinem Nachbarhaus! Hannah Müller", entgegnete Daria.

„Ich danke ihnen", erklärte er freudig.

Peter hatte eine Spur! Hier gab es vermutlich eine Zeugin und die musste er finden. Er erhob sich vom Tisch und wollte sich verabschieden.

Die Frau fragte: „Was ist nun mit dem Ausweis?" Sie hielt ihm das Dokument hin.

Peter studierte es, aber es war in Ordnung. Gemeinsam gingen sie hinüber, wo sich Aurelia und Daria sofort um den Hals fielen.

„Lassen sie das Datum korrigieren und bleiben sie bis auf Weiteres in der Stadt. Vielleicht habe ich noch ein paar Fragen!", sagte er.

Alsdann gab er Aurelia die beiden Dokumente.

Hand in Hand, den Hund im Arm, verließen die beiden Frauen die Wache.

„Fritz! Wir müssen Hannah Müller finden! Sie ist vermutlich eine Zeugin!", rief er nach seinem Assistenten.

Ein paar Minuten später fuhren sie mit dem Wagen vom Hof.

Auch von dem Wohnhaus von Frau Müller aus war der Park zu sehen, aber sie reagierte nicht auf das Klingeln oder Klopfen. Vielleicht war sie noch unterwegs?

„Wir fahren mal in das Hotel, wo die Party war. Kannst du schon mal ermitteln, was für ein Auto Frau Müller fährt?", fragte er seinen Assistenten beim Einsteigen.

Der Weg bis zum Hotel war nicht weit und von dort aus konnte man sogar das Fabrikgelände sehen.

Es war sicher kein schöner Ausblick für die Gäste eines fünf Sterne Hauses!

„Da ist ihr Auto! Ein gelber Ford KA!", sagte Fritz beim Aussteigen und zeigte auf das Fahrzeug.

Frau Müller hätte es sicher nicht hier stehen lassen, denn das Fabrikgelände war keine zehn Minuten zu Fuß entfernt.

Hier stimmte etwas nicht!

„Schreibe mal Frau Müller zur Fahndung aus. Bilder hat sicher die Modellagentur!", wies er Fritz an und betrat das Gebäude.

War Frau Müller die Mörderin? Eine Zeugin? Oder ein weiteres Opfer, das sie bloß noch nicht gefunden hatten? Die Spurensuche ging weiter.

## 8. Kapitel

# Zum Tanz in die Dunkelheit

*E*ndlich Freitag! Gisela sprang schon seit einer Stunde im Bad herum, sang in ihren Föhn und freute sich auf den Abend. Die lästige Arbeitswoche lag hinter ihr und jetzt wollte sie einfach nur noch Spaß haben.

Das Handtuch über der Brust fest verknotet, rasierte sie sich die Beine, denn man konnte nie wissen, wen man traf.

Einem kleinen Abenteuer war sie nicht abgeneigt, aber das musste dann schon passen. Egal ob das Aussehen, oder der Alkoholpegel, passen musste es!

Die einschlägigen Bars und Diskotheken waren ihr alle bekannt und während die Klinge jetzt über ihren Venushügel schabte, legte sie sich in Gedanken die Route des Abends zurecht.

Zuerst vielleicht in die Kitty-Bar, denn da konnte man immer einen Kater finden. Sie schmunzelte bei diesem Wortspiel.

Nächster Schritt: die Dessous! Ein paar heiße Teile hatte sie erst in dieser Woche gekauft. Rot oder schwarz? Rote Wäsche und schwarzes Kleid! Perfekt!

In der Unterwäsche drehte sich Gisela vor dem Spiegel. Die saß wirklich ausgezeichnet. Die

Verkäuferin hatte sie da gut beraten. Es war zwar nicht allzu billig gewesen, aber diese Anschaffung hatte sich eindeutig gelohnt.

Sorgfältig strich sie alle Falten glatt und warf sich danach das dünne Sommerkleid über.

Ein weiterer prüfender Blick. Alles war gut! Und wenn da nicht ein Mann ansprang, dann war denen auch nicht mehr zu helfen.

Zum Schluss die hochhackigen Schuhe.

Fertig! Ab auf die Jagd!

Mit der Handtasche in der Hand hüpfte sie die Treppe hinab und stürzte sich in das abendliche Treiben.

Die ersten Pfiffe der Männer auf der Straße hinter ihr zeigten an, dass es nicht völlig umsonst gewesen war.

Wie jeden Freitagabend war das Kittys gut besucht. Es war schwierig, darin einen freien Platz zu bekommen, aber ein lange geübter Augenaufschlag sorgte dafür, dass sie schon bald einen Hocker an der Bar und das erste Freigetränk hatte.

Nun nahm der Abend seinen gewohnten Lauf!

Reden, flirten, trinken und ein bisschen tanzen, alles wie immer.

Jedes Getränk ließ den Pegel steigen, aber der war immer noch weit davon entfernt, dass sie es auch nur in Erwägung zog, einem der anwesenden Männer zu folgen, oder ihn für diese Nacht mit zu sich zu nehmen.

Und dabei wollte sie doch mal wieder so richtig schönen Sex haben. Darauf wenigstens hatte sie der Alkohol schon mal vorbereitet.

Eine Stunde später. Mittlerweile saß sie auf dem Barhocker und überlegte: andere Männer oder andere Getränke?

Gerade als sie von leichten Cocktails zu Rum-Cola wechseln wollte, betrat ein Mann die Bar, der ihr den Atem verschlug.

Der oder keiner sollte es sein!

Er ließ seinen Blick durch den Raum gleiten und wie es der glückliche Zufall so wollte, wurde gerade bei ihr ein Platz frei.

Ein paar Sekunden später saß er neben ihr. Dieser Duft! Ein herrliches Parfüm füllte zuerst ihre Nase, danach ihren Kopf und schließlich den ganzen Körper!

Mit diesem Wohlgeruch hätte er auch hässlich wie die Nacht sein können und sie hätte ihn nicht von ihrer Bettkante geschubst.

Den wollte sie in sich spüren!

Da es zu laut zum Reden war, tauschten sie nur heiße Blicke. Seine stahlgrauen Augen schienen sie zu durchbohren. Etwas Trauriges lag darin und etwas Lüsternes. Dieser Blick öffnete ihren Schoß und machte das Höschen etwas feucht!

Gisela bestellte zwei Getränke und zahlte selbst. Das war ihr die Sache wert!

Sie stießen an, nickten sich zu und tranken die Cocktails aus.

Ihre Stimmung hob sich, als auch er ihr ein Getränk bestellte.

Er hing an ihrer Angel! Und sie an seiner?

Sie tanzten eng umschlungen und sein Wohlgeruch hüllte sie völlig ein. Gisela spürte, wie ihr Unterleib immer mehr zu kribbeln begann und wenn es nach ihr gegangen wäre, dann hätte sie sich gleich hier auf ihn gestürzt und ihm die Sachen vom Leib gefetzt, aber dafür hatte sie im Augenblick noch zwei Drinks zu wenig.

Offensichtlich dachte er ähnlich, denn einige Minuten später verließen sie die Bar und tanzten beschwingt durch die Nacht.

Auch weiterhin sagte er nichts. Vielleicht war er stumm, aber das war ihr jetzt völlig egal, denn sie wollte ja nicht reden.

Das sollte schließlich nicht der Beginn einer Ehe, sondern nur der Anfang einer stürmischen Nacht werden.

Giselas Gang wurde unsicher. Der Stadtpark lag unmittelbar vor ihr. Dort hatte sie sich früher oft mit ihren Freundinnen am Teich getroffen und auch ihren ersten Sex hatte sie dort gehabt.

Ihre Knie wurden jetzt so weich, dass sie es wohl unmöglich bis zu ihrer Wohnung schaffen würde. Das Kribbeln im Bauch war schon lange eine Etage nach unten gerutscht und das Spitzenhöschen war sicherlich mittlerweile völlig nass.

Gisela wollte es jetzt und hier!

Obgleich es dort im Park nur wenig Licht gab, oder genau deswegen, zog sie den Mann hinter sich her auf die Wiese.

Im Park übernahm sofort er und zog sie zum Teich hinüber.

Gisela versuchte ihn zu küssen, doch er wich ihr immer wieder aus. Auch gut, er wollte keine Liebe! Nur Sex!

Das war es ja auch, was sie haben wollte! Sie spürte schon, wie die Vorfreude den guten Spitzenslip völlig einsaute.

Links stand die Bank!

Gisela bekam den ersten Höhepunkt, als er ihr das Höschen von den Beinen streifte. Zittern hing sie stehend in seinen Armen.

Stöhnend musste erst einmal der erste Orgasmus abebben.

Danach landeten der Slip auf der Lehne und sie mit dem Rücken auf der Bank. Eiligst streifte sie sich das Kleid bis zu den Hüften zurück, öffnete sich für ihn und zog die Knie an.

Der Mond beleuchtete sie und gab ihm somit einen guten Blick auf ihren vor Verlangen pochenden Schoß, aber er stand nur da.

Mit den Händen in der Hosentasche blieb er einen Meter von ihr entfernt und blickte auf sie herab.

Worauf wartete der noch? Auf eine Einladung?

„Komm schon! Mach es mir endlich!", bat sie ihn eindringlich.

Der Mann nahm die Hände aus den Taschen und öffnete sich die Hose. Der Mond stand hinter ihm, wodurch sie ihn nicht deutlich sehen konnte.

Einen Moment später trat er einen Schritt vor, beugte sich über sie und Gisela spürte, wie er sich in sie schob.

Es nahm ihr kurz den Atem, dann glitt er tiefer.

Dieser erste Stoß traf das Zentrum ihrer Lust und sie bäumte sich auf.

Langsam und tief bewegte er sich ohne einen Ton in ihr.

Das war sowas von erregend! Dieser Mann wusste, was gut für sie war.

Giselas Keuchen und Stöhnen war sicher weit zu hören, aber in den Sommernächten fand man hier manchmal kaum eine freie Bank.

Und schließlich taten hier sowieso alle dasselbe!

Jeder neue Stoß schob eine kleine Welle durch ihren Körper und der gerade erst erlebte Orgasmus hatte sie empfindlich gemacht.

Endlich spürte sie das ersehnte Pulsieren in sich. Ohne einen Ton kam er tief in ihr und es brach auch aus ihr hervor.

Gisela kam gewaltig!

Der Mann nahm ihren Kopf in seine Hände und küsste sie.

Gisela schrie ihren Höhepunkt der Lust in ihn hinein und es raubte ihr die Sinne.

Alles verschwamm vor ihren Augen, Sterne tanzten um sie herum.

Zuckend warf sie sich hin und her.

Er hing immer noch an ihren Lippen und kam weiterhin warm in ihr.

Ihre Kräfte schwanden und ihr Kopf fiel zurück. Alles wurde schwarz um sie herum.

## 9. Kapitel

# Zweifel und Fragen

D as Telefon holte Kommissar Sommermäusel aus dem Schlaf. „Was zum Teufel ist hier los? Es ist Wochenende!", murmelte er verschlafen, nahm dann aber doch das Gerät vom Nachttisch. „Ja?", fragte er mürrisch.

„Wir haben wieder eine Leiche im Park!", sagte sein Assistent.

Sofort war Peter hellwach. „Ich komme!", rief er.

Ein Sprung aus dem Bett, ein paar gehetzte Schritte ins Bad, dann duschen und anziehen.

Zehn Minuten später war er auf dem Weg und abermals traf er Egon mit der KTU.

„Kein Morgen ohne Leiche!", versuchte der Freund einen Scherz, aber Peter stieg nicht darauf ein.

„Weiblich, schwarzhaarig, etwa fünfundzwanzig Jahre alt! Tot, aber keine Verletzungen!", setzte Egon sachlich hinzu.

„Und warum holst du da mich?", fragte Peter genervt.

„Der Auffindeort der Leiche! Und sie hat beim Tagesblatt gearbeitet!", entgegnete Egon.

Unvermittelt stand Peter wie unter Strom und blickte sich um. Von hier aus konnte man das Fenster von Frau Müllers Wohnung sehen und die Tote hatte in derselben Redaktion wie Aurelia Engel gearbeitet.

Zufall? Wohl kaum!

Der Kommissar ging mit seinem Kollegen die letzten Schritte bis zu der abgesperrten Bank.

Eine halbnackte Frau befand sich darauf und die Fundsituation ließ auf Tod beim Geschlechtsverkehr schließen. Zu eindeutig lag die Frau vor ihnen.

Egon reichte ihm die Handtasche mit dem Presseausweis, der den Freund hatte stutzig werden lassen.

Peter sah sich um und suchte nach dem kleinen Hund, oder Aurelia, oder Daria. Keiner der drei war allerdings zu erkennen, aber auch die Fenster von Aurelias Wohnung zeigten hier her, wie er mit einem weiteren Blick schnell feststellte.

Sie brauchte nicht hierherzukommen, denn vom Fenster aus war alles bestens zu erblicken! Und hatte sich da nicht gerade die Gardine bewegt?

„Fritz! Haben wir Frau Müller schon gefunden?", fragte er seinen Assistenten.

„Nein! Noch nicht! Sollen wir noch mal klingeln?", antwortete Fritz.

„Ich dachte, du hättest das schon!", schilt er seinen Assistenten, der daraufhin wie ein begossener Pudel zu dem Haus lief.

Peter sah ihm einen Moment nach und schaute dann in die Handtasche. Eine Rechnung aus der Kitty-Bar lag darin. Mit der Uhrzeit darauf. Vielleicht hatte der Täter, oder der Zeuge, wenn Aurelia die Täterin war, die junge Frau dort kennengelernt.

Fritz kam zurück und schüttelte den Kopf. Hannah Müller war immer noch nicht da.

„Du fährst ins Kittys und suchst nach Zeugen!", erklärte der Kommissar. Dabei drückte er seinem Assistenten den Rechnungsbeleg in die Hand.

„Und ich frage mal Frau Engel!", ergänzte er noch.

Fritz war sichtbar froh, einen Auftrag zu bekommen, der ihn von ihm fort brachte.

Peter übergab Egon die Handtasche und machte sich auf den Weg.

Es waren nur etwas mehr wie hundert Schritte, dann stand er vor dem Wohnhaus. Peter klingelte und der Summer öffnete fast augenblicklich die Tür.

Er stieg bedächtig und langsam die Treppe hinauf, um noch etwas Zeit zu haben, damit er sich seine Fragen überlegen konnte.

Schließlich klopfte er und Daria öffnete.

„Ist Frau Engel da?", fragte er.

„Ich habe ihnen doch gerade aufgemacht!", entgegnete Daria sichtbar verwirrt.

„Nein! Die andere!"

„Ach so, sie meinen Aurelia? Nein, die ist unterwegs!", antwortete Daria.

„Kann ich hereinkommen? Ich habe noch ein paar Fragen?", erkundigte er sich.

„Gern!", sagte Daria und gab ihm den Weg in die Wohnung frei.

Schon eine Minute später stand Peter am Fenster und konnte Egon beim Aufräumen beobachten.

„Schlimme Sache das!", sagte Daria, die neben ihn getreten war.

„Ja! Haben sie etwas von ihrer Freundin Hannah gehört?"

„Nein! Warum sollte ich?", erwiderte sie.

„Na, weil sie mir gestern gesagt haben, dass sie verschwunden ist!", antwortete Peter und blickte die Frau an.

„Nein! Die habe ich schon eine ganze Weile nicht mehr gesehen!", berichtete Daria.

„Die war doch erst vorgestern mit ihnen zusammen auf der Party!", sagte Peter.

„Ach so! Sie meinen Hannah Müller! Nein! Nichts!"

Er schaute sie zweifelnd an und sie wich seinem Blick aus.

„Ich bin etwas durcheinander. Die ganze Modewelt steht gerade Kopf wegen des Mordes an Luc Detrox!", erklärte Daria.

„Das kann doch aber noch gar keiner wissen! Ich habe doch nur Frau Engel gegenüber diesen Namen erwähnt!", sagte Peter. Hatte er ihr eigentlich verboten darüber zu reden?

„Es steht doch schon im Tagesblatt!", erzählte Daria und zeigte auf das Titelblatt der Zeitung auf dem kleinen Tisch neben ihr.

„Eben! Wie haben die das denn erfahren?"

„Vielleicht haben sie ja eine undichte Stelle in der Polizei!", behauptete Daria frech.

„Die undichte Stelle wird wohl ihre Freundin sein!"

„Hannah?", gab Daria verwirrt zurück.

„Nein! Aurelia! Sie sind heute wirklich ganz schön durcheinander! Also, wenn sich Aurelia bei ihnen meldet, dann soll sie mich bitte unverzüglich anrufen!", entgegnete Peter und gab ihr seine Karte.

„Das mache ich gern!", antwortete Daria und blickte auf die Karte herab.

„Wo war ihre Freundin eigentlich zwischen Mitternacht und vier Uhr?", fragte er. Die zweite Zeit hatte er wild aus der Luft gegriffen, aber es war unwahrscheinlich, dass sich das Opfer fünf Stunden im Park aufgehalten hatte.

„Wir haben im Bett gelegen und geschlafen!", erklärte Daria.

„Die ganze Nacht?"

„Ja! Zuerst miteinander und dann nebeneinander. Aurelia ist erst nach sieben aufgebrochen und ich wollte gleich mit den Kindern in den Park, aber das wird wohl nichts. Oder?", fragte Daria.

„In einer Stunde vielleicht!"

Ein etwa acht Jahre altes Mädchen platzte in den Raum und fragte: „Wo ist denn Mama?"

„Die ist unterwegs, Ruth!", sagte Daria und begann die Zöpfe zu flechten.

„Ich gehe dann mal. Richten sie es Aurelia aus? Sie kann mich jederzeit, egal ob Tag und Nacht, telefonisch erreichen!"

„Ja", antwortete Daria abwesend.

Peter verließ die Wohnung.

Auf der Treppe nach unten schüttelte er den Kopf. Die Frau war wirklich ziemlich durch den Wind. Sogar die Stimme schien sich seit dem Tage zuvor etwas verändert zu haben. Sie klang nun fast wie die von Aurelia! Vermutlich der Stress in ihrem Beruf.

Jetzt musste er erst mal den Schaden begrenzen, bevor der Polizeichef auf die undichte Stelle aufmerksam wurde, denn wenn der beim Frühstück das Tagesblatt las, dann würde es wohl nicht mehr lange dauern, bis das Telefon klingelte.

Am Zeitungsstand holte er sich die Zeitung. *„Luc Detrox! Mord oder Tod beim Sex?"* Eine reißerische Überschrift in Blutrot sprang ihm auf der Titelseite entgegen.

Das war indessen wohl kaum noch zu vertuschen.

Aufgeregt überflog Peter den Artikel. Der war richtig detailliert geschrieben. Fast wörtlich wurde der Obduktionsbericht zitiert. Aber woher hatte das Blatt die genauen Todesumstände erfahren?

Der Kommissar schlug sich mit der flachen Hand klatschend vor die Stirn.

„Mist!", schimpfte er vor sich hin.

Er hatte den Ordner mit den Unterlagen und Tatortfotos unbeaufsichtigt für eine Weile bei Aurelia im Vernehmungszimmer liegen lassen.

„Ich werde wohl alt!", seufzte er und zählte schon mal innerlich von zehn an rückwärts, während er auf den Anruf seines Chefs wartete.

Peter kam bis fünf, dann brummte das Gerät.

Auf den Brüller vorbereitet, hielt er den Hörer nicht direkt an sein Ohr, doch der Schrei des Polizeichefs war trotzdem mehr als deutlich zu vernehmen gewesen.

„Sommermäusel! Was ist denn bei ihnen los? Klären sie das, aber zackig! Ich will am Montag früh einen Bericht auf meinem Schreibtisch liegen haben! Haben sie das verstanden?", donnerte der Chef los.

Peter kam nicht zum ja, da hatte der Vorgesetzte bereits aufgelegt.

Damit musste er jetzt doch noch Aurelia Engel verhaften, um seine eigene Haut zu retten und zum Wochenstart etwas vorweisen zu können.

Hätte er das doch nur schon am Tage zuvor getan!

Peter seufzte erneut und warf die zusammengeknüllte Zeitung in den Papierkorb.

## 10. Kapitel

# Immer der Nase nach!

Entweder hatte der Mann ein Nachtsichtgerät, oder die Instinkte einer Katze, denn er war lautlos und traf immer ohne einen Fehlversuch ihren Körper. Seine Hände hatten bisher nicht ein einziges Mal nachfassen müssen.

Immer noch war es stockdunkel und in dieser Finsternis hatte Hannah jedes Zeitgefühl verloren. Schon ein paar Mal hatte er sie in ihrem Raum aufgesucht.

Gewalt lag ihm allerdings fern. Die brauchte er auch gar nicht, denn sein Duft hatte jedes Mal ihre Sinne betäubt.

Noch nie zuvor hatte sie solch einen intensiven Geruch wahrgenommen und ihre Nase war durch jahrelanges herumtreiben in den Parfümerien geschult.

Jeder Polizeihund wäre auf sie neidisch gewesen, denn bei den edlen Düften konnte ihr keiner etwas vormachen.

Sie saß auch weiterhin in einer Ecke des Raumes, die Hände nun allerdings vorn zusammengebunden.

Langsam wurden die Hände taub und auch durch die Schultern zog sich ein dumpfer Schmerz.

Das war nicht lustig!

In diesem Raum hatte sie jetzt die Zeit, über ihr bisheriges Leben nachzudenken und darüber, ob sie diesen Job eigentlich wirklich noch wollte.

Ob es Luc war, der sie hier festhielt, oder einer seiner Mitarbeiter, das konnte sie ebenfalls nicht sagen. Möglich war beides, obwohl sich das so ganz anders anfühlte, als das, was Luc mit ihr angestellt hatte. Und diesen Duft hatte Luc in der Fabrik auch nicht an sich gehabt.

Der Mann betrat jedenfalls bereits nackt diesen Raum, denn ihre durch die Dunkelheit geschulten Ohren konnten kein Geräusch des Entkleidens vernehmen.

Demzufolge befand sie sich vermutlich im Hause des Mannes, denn wer würde schon nackt in ein fremdes Haus gehen? Oder sich im Kellergang einer Ruine ausziehen?

Zumindest niemand, der bei klarem Verstand war und sein Handeln war sehr zielorientiert und konzentriert.

Nur beim ersten Mal hatte sie Angst vor ihm gehabt, danach hatte sich etwas geändert.

Sein Duft löste in ihrem Gehirn so ein intensives Sehnen nach ihm aus.

Vielleicht war es eine spezielle Mischung mit einem Pheromon. Offenbar genau auf den Träger und ihre Nase abgestimmt und das ließ auf Luc schließen, denn wer hatte schon sonst das Geld, einen auf zwei Menschen speziell zugeschnittenen Duft in der kurzen Zeit kreieren zu lassen?

Nur jemand mit sehr guten Verbindungen zur Parfümindustrie oder mit sehr viel Geld und das traf beides auf Luc zu.

Erneut blendete das Licht ihre Augen, die sie sofort zukniff. Der Schmerz des gleißenden Lichtes vor der Tür durchzuckte sie.

Die Tür fiel ins Schloss und das Licht vor ihren geschlossenen Lidern erlosch.

Hannah erhob sich und trat einen Schritt vor. Nur Sekunden später spürte sie seine Finger, die zuerst über ihren Bauch fuhren, danach ihre Brust und den Rücken streiften.

Erneut vernebelte sein Aroma ihren Geist, machte sie willenlos! Oder sogar lüstern auf ihn.

Das war nicht normal, doch das hier ging tiefer, als der Verstand fassen konnte.

Dieser Duft griff ihre Triebe an, ihr Unterbewusstsein, den Teil ihres Gehirns, den der Verstand nicht zu steuern vermochte.

Hannah konnte tausendmal versuchen, ihm zu widerstehen, ihre Nase hatte schon dafür gesorgt, dass sich ihr blitzartig feucht gewordener Schoß für ihn geöffnet hatte.

Sie spürte es mehr als deutlich, wie ihr Blut darin pulsierte, wie ihr unbändiges Verlangen ihn anschwellen ließ.

Mit weichen Knien stützte sie sich an der Wand ab.

„Komm zu mir!", hauchte sie fast unhörbar.

Während der Verstand noch „Nein!" sagte, schrie das Gefühl in ihrem Schoß einfach nur noch: „Nimm mich endlich!"

Offensichtlich wartete er, bis genau dieser Punkt bei ihr eingesetzt hatte. Sicherlich konnte auch er riechen, wie stark im Moment die Begierde ein ganz spezielles Bukett aus ihrem Innersten verbreitete.

Der unbekannte Mann packte ihre beiden Beine und hob sie an. Mit den Händen unter den Knien spreizte er ihr mühelos die Schenkel und Hannah lehnte stöhnend mit dem Rücken an der Betonwand.

Er wartete einen weiteren Moment, der sie fast betteln ließ, dann schob er sich endlich in sie. Hannah konnte das Schmatzen dabei hören, so feucht war sie dort mittlerweile.

Dieses sinnliche Erlebnis raubte ihr fast die restlichen Sinne.

Langsam und gemächlich schob er sich in sie und zog sich wieder zurück. Mit jedem Stoß glitt er ein kleines Stückchen tiefer. Hannah spürte, wie sich ihre empfindlichen Labien um seinen eingeführten Schaft spannten.

Es war ein unbeschreiblich sinnlicher Reiz!

Sie wimmerte nicht mehr, wie sie es beim ersten Mal getan hatte, sie keuchte vor Begehren!

„Mach langsam und warte auf mich!", flehte sie ihn in Gedanken an, als sie sich auch schon um ihn herum zusammenzog.

Hannah kam gewaltig und explosiv.

Lichter tanzten nun um sie herum. Irrlichter des Sinnenrausches, der sie herumwarf.

Er machte einfach langsam weiter.

„Noch mal, bitte höre nicht auf!", schrie jetzt auch ihr Verstand, als sie wieder zur Ruhe gekommen war und er ließ sie wirklich noch ein zweites Mal kommen, bevor er sich ohne einen einzigen Laut tief in ihrem Unterleib ergoss.

Stöhnend nahm sie alles entgegen und er setzte ihre Beine fast behutsam auf den Boden zurück.

Eine Sekunde später hatte er ihr die Hände losgemacht und sie an der Wand abgesetzt.

Schnell rief sie ihm hinterher: „Ich habe Durst!"

Hatte er sie noch gehört? Zumindest würde sie jetzt gut schlafen können, denn die beiden gerade erlebten Höhepunkte zogen ihr schon die Augen zu.

Als sie später erwachte, hatte sie eine Plasteflasche in der Hand.

Hannah schraubte den Verschluss ab und roch an der Flasche. Es musste Wasser darin sein, denn das Getränk war vollkommen geruchlos. Vorsichtig setzte sie den Flaschenhals an ihren Mund und schluckte das belebende Nass.

Gierig trank sie und spürte dabei, dass der Duft des Mannes noch immer in ihrer Nase war.

Oder war er jetzt gerade hier in diesem Raum? Beobachtete er sie momentan?

„Hallo? Bist du noch da?", fragte sie leise und schrie auf, als er nach der Flasche griff.

„Nein! Noch nicht. Lass mir das Wasser noch. Bitte!", flehte sie, doch er entriss ihr das Getränk und ging.

Hätte sie sich ihrer Lust schuldig fühlen müssen? Dazu war es zu schön gewesen! Und obwohl er nun fort war, war sein Aroma auch weiterhin überall im Raum.

Mit diesem Wohlgeruch in der Nase schlief sie entkräftet im Sitzen ein.

## 11. Kapitel

# Versteckspiel

---

Gerade noch rechtzeitig hatte sich Aurelia in Darias Doppelgängerin verwandelt und jetzt kämmte sie die Zöpfe von Ruth. Doch warum hatte sie dem Kommissar nicht als Aurelia geöffnet?

Der Instinkt und die Erinnerung an das stählerne Geschmeide hatte sie diese Notlüge wählen lassen. Und vielleicht auch der Artikel im Tagesblatt!

Gerade war der Mann gegangen, da sagte die Tochter: „Hast du nicht eben noch im Bad unter der Brause gestanden?"

Da stand Daria vermutlich noch immer.

Es hätte noch gefehlt, dass die Freundin aus der Dusche gekommen wäre und der Herr Sommermäusel sich zwei Darias gegenüber gesehen hätte.

Beim Namen des Kommissars musste Aurelia immer noch schmunzeln.

„Ab mit dir!", sagte sie zur Tochter, schickte sie hinaus und verwandelte sich zurück.

„Mein Kamm!", rief Ruth und kam zurück, während Daria mit dem Handtuch um den Kopf aus dem Badezimmer trat.

Kurz stutzte die Tochter und ging wieder, nachdem sie sich bei Aurelia den Kamm abgeholt hatte.

„Was war denn los?", fragte Daria.

„Der Kommissar hat mich nach deiner Freundin befragt", erklärte Aurelia.

„Hannah? Haben die Polizisten sie gefunden?", erkundigte sich Daria und rubbelte sich die Haare trocken.

„Nein! Anscheinend noch nicht!"

„Ihr wird doch hoffentlich nichts passiert sein!", sagte Daria.

„Vielleicht ist sie fortgelaufen und versteckt sich, weil sie den Täter gesehen hat?", erwiderte Aurelia nachdenklich.

„Dann wäre doch die Polizei die beste Hilfe für sie? Oder?", stellte Daria fest und trat zum Fenster.

„Wir müssen wohl bald die Gegend wechseln, wenn das so weiter geht!", sagte Aurelia, als die Polizeifahrzeuge unten immer mehr wurden.

„Ich wohne ganz gern hier! Warst du schon mit Paulchen unten? Heute ist dein Tag an der Leine!", bemerkte Daria und warf das Handtuch auf das Tischchen.

„Ich gehe schon! Paulchen! Gassi!", rief Aurelia.

Vergnügt sprang der Hund umher.

Sollte sie mit ihm als Aurelia in den Park? Lieber nicht!

Vor der Wohnungstür verwandelte sie sich in einen Mann, nahm den Hund auf den Arm und stieg die Treppe hinab.

Mit dem Hündchen an der Leine schlenderte sie stumm durch den Park. Jedes Wort würde sie nun verraten, denn ihre Stimme konnte sie nicht verstellen. Nur ihr Aussehen ließ sich perfekt den Umständen entsprechend anpassen.

Das hatte ihr bei Daria immer viel Spaß gemacht und der Freundin die beiden jüngsten Töchter beschert.

Eigentlich waren damit alle vier Mädchen von ihr, aber nur die beiden Kleinsten auch von Daria.

Sie selbst hatte sich nach Ruths Geburt eine Spirale einsetzen lassen und hätte damit auch weiterhin Spaß haben können, aber sie war Daria seitdem treu geblieben.

Zumindest nach dieser aufregenden Woche damals in Florenz!

Versonnen lief sie über die mit Kies bestreuten Wege des Parks und sah zu den Schaulustigen hinüber, die dort an der Polizeiabsperrung standen. Etwas erregte dabei ihre Aufmerksamkeit und aus Neugier zog sie Paulchen zur Absperrung hinüber.

Ein Polizist trug Gegenstände davon und einer davon war Giselas Handtasche. Aurelia hätte diese unter hunderten sofort erkannt und nicht nur, weil sie diese der Freundin erst zu Weihnachten geschenkt hatte.

War Gisela das Opfer gewesen?

Geschockt stand Aurelia zwischen den Frauen und hörte nur Wortfetzen wie „halbnackt", „Tod beim Sex" und „Die arme Frau!" Was war hier los?

Abermals auf der Laufstrecke von Daria? Schon wieder und diesmal sogar eine Freundin von ihr?

War es wirklich Gisela?

Aurelia schob sich langsam ins Abseits, zog das Telefon aus der Jackentasche und wählte Giselas Nummer.

Am Nachmittag zuvor hatten sie sich noch in der Redaktion gesehen! Es klingelte und einer der Polizisten blieb stehen. Das Telefon war in der Handtasche!

Schnell legte Aurelia auf. Sie war wie erstarrt, denn Gisela hätte ihr teures Smartphone niemals freiwillig aus der Hand gegeben.

„Lieber Gott! Bitte lass ihr nur die Handtasche gestohlen worden sein!", betete sie leise vor sich hin.

Mit Paulchen auf dem Arm eilte sie zu Giselas Wohnung, aber auch dort stand Polizei und der Kommissar war ebenfalls dabei.

Aurelia schob sich schnell in eine Seitengasse. Zwar konnte der Kommissar sie so nicht erkennen, doch er kannte den Hund! Es war hier viel zu gefährlich für sie.

Sich immer wieder nach hinten umblickend schob sich Aurelia durch die dunkle Gasse.

Eine neue Erkenntnis brannte sich in ihren Kopf: Sie würde für eine Weile untertauchen müssen, denn nach dem Artikel in der Zeitung würde sie bestimmt sofort ein paar Tage ins Gefängnis wandern.

Zu offensichtlich waren ihre Verstrickungen in diesem Fall und nach Giselas Tod würde jeder Richter gewiss sofort die Untersuchungshaft für sie bestätigen.

Sie kannte drei der Opfer, falls auch Hannah etwas geschehen war, und war an jedem Tatort gewesen.

Dazu kam noch der Tipp an die Lokalredaktion mit dem Mordfall, von dem sie zufällig in dem Ordner gelesen hatte, und die Falle schnappte zu!

„Lilith! Hol mich ab!", rief sie am hinteren Ende der Straße.

Die Dämonin erschien und sah sie verwundert an, dann erkannte sie den Hund.

„Was machst du hier? Verstecken spielen mit Daria?", fragte die Dämonin.

„Nein! Gisela ist tot, Luc auch und Hannah ist verschwunden! Kann ich zu dir?", fragte Aurelia.

„Und Daria? Und deine Töchter? Willst du die hier einfach so zurücklassen? Wie stellst du dir das vor?", entgegnete die Dämonin und stützte ihre Arme in die Hüften. Sie setzte fort: „Junges Fräulein! Es wird Zeit, dass du mal selbst Verantwortung übernimmst und nicht immer nur die alte Dämonin rufst, um dich wieder aus der Bredouille zu holen!"

Es klang fast zornig!

„Ich brauche einfach einen Tag, um zu begreifen, was hier los ist!", bettelte Aurelia regelrecht.

„Dann versteck dich in deiner Wohnung!", entgegnete Lilith genervt.

„Bringst du mich hin?", flehte Aurelia, denn am vorderen Ende der Gasse wartete die Polizei.

Lilith nahm sie mehr widerwillig unter ihren Umhang.

Einen Augenblick später war Aurelia wieder in ihrem Appartement, verwandelte sich zurück, bedankte sich und ließ sich in den Sessel fallen.

Lilith verschwand sofort wieder, ließ aber einen bösen Blick zurück.

Damit hatte Aurelia jetzt die Zeit, um zu überlegen.

Fast vor Angst zitternd saß sie dort und sah zum Fenster. Waren das alles nur Zufälle? Oder hatte es jemand auf sie abgesehen?

Es waren zu viele Zufälligkeiten, als dass es Zufall sein konnte!

Hatte jemand erfahren, dass sie ein Engel war und machte nun Jagd auf sie? Wer konnte es sein?

Vielleicht ein Gehilfe Luzifers? Doch das hatte Lilith ein paar Tage zuvor noch ausgeschlossen.

Ein Mensch? Oder ein abtrünniger Engel? Aber warum? Und warum dann zuerst die Freunde und nicht direkt sie?

Wo war da der Sinn?

Jetzt bangte Aurelia um die Kinder und um Daria! Erschrocken sprang sie von ihrem Sessel.

Die wollten in den Vergnügungspark! Waren sie damit in Gefahr?

Möglicherweise? Unter Umständen? Höchstwahrscheinlich!

Schnell musste sie hinterher! Aurelia rief sich per Telefon ein Taxi, zog sich um und verwandelte sich in eine ältere Frau. So konnte sie hoffentlich ungesehen die Familie beschützen!

## 12. Kapitel

# Kleine Taschenlampe brenn

Sonntagvormittag. Peter saß in seinem Büro und in dem Gebäude war Ruhe. Endlich konnte er seinen Kaffee mal genießen. Schon die zweite Tasse stand dampfend auf seinem Schreibtisch.

Grübelnd blickte er auf den Ordner herab, der aufgeschlagen vor ihm lag. Bis zum nächsten Morgen musste er dem Polizeichef etwas liefern können und deswegen war er hier.

Er hätte sich mit dem Kopf durch die Tischplatte schlagen können, denn er war ein Idiot gewesen! So etwas hätte noch nicht mal einem Anfänger passieren dürfen.

Eine Journalistin mit der Akte des Falles, der auch noch sie selbst betraf, unbeobachtet in einem Raum zu lassen! Eigentlich konnte er nur um eine Strafversetzung zum Streifendienst bitten, denn alles andere wäre nur noch Heuchelei!

Das Telefon klingelte und er zog das Handy zu sich.

„Hallo Egon! Was gibt es?", fragte er den Freund.

„Wo bist du?"

„Im Büro!", entgegnete Peter.

„Am Sonntag?", erwiderte Egon verwundert.

„Ja! Frag lieber nicht!"

„Ich komme vorbei!", rief Egon durch das Telefon.

Es knackte und der Freund war unterwegs.

Schnell machte Peter einen Kaffee für Egon, denn er wusste, dass auch der Freund dieses Aroma liebte.

Das Getränk war gerade in der Tasse, da erschien Egon im Büro und ließ sich seufzend in den Sessel fallen.

„Also? Was ist los?", fragte Peter.

„Das Labor hat Mist mit deiner Speichelprobe von Frau Engel gemacht! Ich habe die schon alle zusammengestaucht! Kannst du nochmal eine neue Probe von ihr besorgen?", antwortete Egon deutlich zerknirscht.

„Wieso? Die arbeiten doch sonst so gründlich?", sagte Peter verwundert.

„Vielleicht war ja der Praktikant am DNA-Sequenzierer, aber da ist eben so etwas herausgekommen!", begann Egon und bei diesen Worten holte er einen Zettel aus der Tasche.

Sorgfältig las der Kommissar das Protokoll und zog die Augenbrauen hoch. „Also ist Frau Engel zu einem nicht unerheblichen Teil eine Fledermaus?"

„Flughund trifft es wohl eher. Ich weiß auch nicht, wie das passieren konnte", erläuterte Egon und zog die Schultern hoch.

„Ich versuche sie mal zu erreichen!", sagte Peter, wählte die Nummer des Telefons der Frau, aber wieder meldete sich nur der Anrufbeantworter.

„Vielleicht erreiche ich sie morgen! Wenn ich dann noch hier bin!", seufzte Peter und legte den Hörer auf.

„Wieso?"

„Die Klatschpresse der ganzen Welt zitiert gerade meinen Bericht!", erklärte Peter dem Freund.

„Autsch!", entfuhr es Egon.

„Du sagst es! Ich brauch dringend einen Erfolg, sonst reißt mir der Chef den Kopf ab!", antwortete Peter und schob dem Freund die Tasse hin.

„Na ja! Einen Erfolg hast du schon! Die Frau gestern im Park, das war ein Unfall. Herzversagen beim Sex! Ihr Genick war noch in Ordnung."

„Da können wir das also streichen und müssen nur noch wegen unterlassener Hilfeleistung nach dem Mann suchen! Die DNA des Abstrichs habt ihr, oder?", erkundigte sich Peter.

„Das Ergebnis bekommst du morgen!"

„Hoffentlich ist es dann nicht eine Schildkröte gewesen!", versuchte Peter einen Scherz.

„Dein Kaffee ist wieder mal eine Wucht!", sagte Egon nach dem ersten Schluck.

„Ja! Direkt aus Brasilien!", antwortete Peter und blätterte in seiner Akte herum.

„Sage mal, die Spuren aus der Fabrik. Ich habe hier nur den Bericht von dem Tatort. Habt ihr auch in den angrenzenden Räumlichkeiten Spuren genommen?"

„Wir haben das abgebrochen. Eine Horde Jugendlicher hatte da eine wilde Party gehabt. Nach zehn Minuten hatten wir hundert verschiedene Spuren. Das hat sich nicht gelohnt!", erklärte Egon.

„Und sonst? Habt ihr weiter gesucht, während ich Frau Engel vernommen hatte?"

„Das wollte Fritz organisieren!", entgegnete Egon, nach einem weiteren Schluck Kaffee.

„Ich finde hier nichts! Dem reiße ich den Kopf ab, bevor der Chef das bei mir macht!", rief Peter aus. Er angelte das Handy zu sich. „Fritz! Eine Frage zur Durchsuchung der Fabrikruine? Wie gründlich wart ihr?"

„Wir haben das gesamte Erdgeschoss durchsucht!", antwortete der Assistent.

„Und die anderen Räume?"

„Welche anderen Räume?", fragte Fritz am Telefon.

„Ich werde wahnsinnig! Komm her! Sofort!", rief Peter genervt aus.

Er knallte das Telefon auf den Tisch und sagte: „So ein Idiot!"

Peter blickte Egon an und griff sich an den Kopf.

„Fritz hat den Keller nicht durchsucht! Hier muss man wirklich alles selbst machen!", stöhnte Peter auf.

„Ich trommle mal meine KTU aus dem Wochenende hierher. Die werden begeistert sein!", sagte Egon, trank den Kaffee aus und eilte danach aus dem Büro.

Einige Minuten später klingelte das Telefon. Egon meldete sich: „In dreißig Minuten sind wir abfahrbereit!"

„Danke! Das ging aber schnell!", entgegnete Peter.

Fritz erschien im selben Moment gehetzt im Büro, das Hemd hing ihm aus der Hose.

„Ihr habt den Keller vergessen!", fuhr Peter den Mann an.

„Da gibt es einen Keller?", antwortete Fritz mit einer Gegenfrage.

„Fast jedes Haus hat einen Keller! Abfahrt in einer halben Stunde. Bringe ein paar Bereitschaftspolizisten und Taschenlampen mit!", legte Peter fest.

„Geht klar!", sagte der Assistent und hetzte aus dem Raum.

„Eine Hundertschaft macht sich gleich auf den Weg!", rief Fritz wenig später durch die offene Tür.

„Wo hast du die denn so schnell her?", erwiderte Peter verwundert.

„Das Fußballspiel ist wegen Unbespielbarkeit des Platzes abgebrochen worden!", rief Fritz.

„Ach! Deshalb war die KTU so schnell einsatzbereit! Wir schließen uns ihnen an! Ich kenne die Fabrik schon ewig. Mein Vater hat da früher in der Verwaltung gearbeitet und mein Onkel war da mal Hausmeister!", erklärte Peter, nahm seine Jacke und lud die Pistole.

Zusammen rannten sie über die Treppe nach unten.

Vielleicht gab es da weitere Spuren und wenn nicht, so konnte er dem Polizeichef wenigstens einen Einsatz am Sonntag vermelden.

Das gab dann eventuell einen Pluspunkt für den Einsatzwillen der Abteilung.

Der schwere Geländewagen fuhr vom Hof und im Autoradio lief der Titel: „Kleine Taschenlampe brenn..." Das war so ziemlich zutreffend!

94

Ein Dutzend Fahrzeuge machte sich in Kolonne auf den Weg durch die Stadt zur Ruine der Fabrik und Peter holte sich schon mal das Gelände in die Erinnerung zurück. Ein Teil der Keller war vor Jahren eingestürzt und darum waren die Eingänge nach unten verschlossen worden, aber sicher hatten die Jugendlichen auf ihren Streifzügen einen oder mehrere davon wieder aufgehebelt.

Und wenn nicht, dann würden sie das jetzt tun! Er wusste ja, wo sich diese befanden!

Geordnet fuhr die Kolonne auf dem ehemaligen Fabrikparkplatz zur Reihe auf.

Das sah wie aus der Vorschrift aus! Schade, dass das der Chef nicht sehen konnte. Der wäre begeistert gewesen.

Eine Minute später war die Mannschaft angetreten.

„Wir suchen nach Spuren und nach einer Frau! Wenn wir Glück haben, dann lebt sie noch. Die Hundertschaft geht Zugweise zu den Eingängen, die ich euch gleich zeige. Egon! Du teilst deine Männer auf die Züge auf! Jede Spur kann wichtig sein! Los geht es!", kommandierte Peter die Gruppe.

Die Einheit verteilte sich vorschriftsmäßig.

Es waren sogar zwei Eingänge offen und nachdem Egons KTU Spuren gesichert hatte, stiegen sie vorsichtig hinab.

Peter blieb bei dem Trupp, der den Heizungskeller betreten würde, denn das schien ihm am erfolgversprechendsten.

„Wir haben sogar Strom!", sagte einer der Männer und das alte Kellerlicht flammte auf.

## 13. Kapitel
# Licht im Dunkeln!

Sie erwachte und lag immer noch im Dunklen, aber Hannah war nicht mehr gefesselt. Der Mann hatte sie einfach schlafen lassen und sie wusste nicht, wie lange sie geschlafen hatte.

Hannah hätte sich selbst ohrfeigen können für das, was da geschehen war. Aber es hätte nichts genutzt.

Sein Duft war immer noch in diesem Raum. Um sie herum, in ihrer Nase, an ihrem Körper und ihre Sinne drehten langsam durch. Es war die totale Reizüberflutung für ihr empfindliches Näschen.

Wusste er, was er ihr damit antat? Oder hatte er nur aus gutem Glück heraus genau ihre empfindlichste Stelle getroffen?

Sie hätte fliehen oder um Hilfe schreien müssen, aber ihr Körper hätte sicher im Moment etwas anderes gebrüllt.

Etwas nicht jugendfreies!

Hannah war noch nie sonderlich prüde gewesen, aber dieses Gefühl der puren, permanenten und unbändigen Lust in ihr schockte gerade auch sie selbst.

Wenn er jetzt in den Raum gekommen wäre, dann hätte sie ihn niedergerissen und sich das geholt, wonach ihr Schoß mittlerweile schon wieder verlangte! Oder war er sogar hier im Raum und beobachtete sie heimlich?

Wo kam dieser Duft her? Von überall!

Vermutlich hatte diese Bude keinen Abzug und der Mann verströmte bei jedem Höhepunkt diesen Wohlgeruch so extrem, dass dieser inzwischen überall war.

Auf allen Vieren kroch sie umher und suchte den Boden ab.

Das war vermutlich ziemlich nutzlos, da er sie ja sehen und sich lautlos bewegen konnte, wie er ihr schon die ganze Zeit bewiesen hatte, aber sie folgte ihrer Nase, wie ein Hund, der eine Fährte aufnahm.

Wo war diese Spur am deutlichsten? An der Tür! Stand er da jetzt davor?

Hannah schnüffelte sich an der Tür hinauf und die Türklinke war der Ursprungsort des Duftes! Natürlich, denn die hatte er ja mit der Hand berührt!

Ein extremer Orgasmus überrollte sie und warf sie zitternd zu Boden, als ihre Nase die Türklinke berührte.

Allein der Duft hatte das schon bewirkt!

Zuckend, keuchend und stöhnend am Boden liegend sah sie neuerdings tausende Sterne auf sich herabstürzen.

Wimmernd lag sie vor der Tür und spürte, wie es aus ihrem Schoß lief.

Mit den Fingern konnte sie die Pfütze ertasten und schämte sich zugleich dafür.

Die Jahre zuvor war sie nur ein paar Mal wirklich zum Höhepunkt gekommen und nun reichte schon allein dieser Duft dazu aus, dass ihr Körper verrücktspielte.

Schnell kroch sie zur entgegengesetzten Wand und hockte sich dort hin. Vielleicht würde es genügen, wenn sie an etwas anderes dachte? Und sich dabei die Nase zuhielt? Der Versuch war es wert, unternommen zu werden.

So saß sie also, mit dem Rücken an der Wand, die Knie angezogen und sich die Nase verschließend.

Doch woran sollte sie denken?

Jedenfalls nicht an ihn!

Aber so war das eben, wenn man sich zwingen wollte, an etwas nicht zu denken! Da konnte man praktisch darauf warten, dass der Gedanke genau dorthin sprang, wohin er nicht sollte!

„Verdammt!", sagte Hannah und begann sich mit der Kälte der Betonwand zu unterhalten, das lenkte sie ein wenig ab und ließ die sinnlichen

Gefühle in ihrem geschundenen und aufgewühlten Leib zur Ruhe kommen.

Meditation würde man das wohl nennen.

Sie dachte zurück an ihre Kindheit. Ihre Schwester hatte so etwas einmal in ihrem Zimmer gemacht, mit einer CD. Eine geführte Meditation.

Wie ging die damals noch mal? Hannah holte sich die Worte in den Kopf zurück.

„Stellen sie sich vor, sie liegen auf einer grünen Wiese. Ein Baum schenkt ihnen seinen Schatten ...", begann sie die geistige Übung. „... und Luc liegt über dir und vögelt dir das Hirn heraus!", setzte ihr Körper hinzu!

Hannah hätte vor Verzweiflung brüllen können. Sollte sie es einfach tun? Alles aus sich heraus schreien?

„Verdammte Scheiße! Ich mag dieses Spiel nicht mehr! Steck dir deinen Job an den Hut! Ich will hier raus!", brüllte sie so laut, dass es in dem abgeschlossenen Raum dröhnte.

Nur Sekunden später wurde die Tür mit einem Knall aufgerissen und Hannah schlug die Hände schützend vor ihr Gesicht.

„Hier ist sie!", hörte sie jemanden laut rufen und zog die Hände fort.

Ihre Augen halb geschlossen erkannte sie den Strahl einer Taschenlampe, der sich zu ihr tastete.

Im letzten Moment dachte sie noch daran, Brüste und Schoß mit den Händen zu bedecken, bevor sie in helles Licht getaucht war.

„Frau Müller! Geht es ihnen gut? Wir sind von der Polizei", sagte die Stimme.

Sie schluchzte ein: „Ja! Danke!"

„Fritz, holen sie eine Decke für die Frau!", hörte sie weiter.

Langsam gewöhnten sich ihre Augen wieder an die Helligkeit.

Der Mann kam zu ihr, hockte sich vor sie hin und fragte: „Was ist geschehen?"

„Luc Detrox hat mich hierher gebracht und mehrmals Sex mit mir gehabt!", schluchzte sie.

„Das kann nicht sein! Der liegt schon ein paar Tage im Leichenschauhaus!", erklärte ihr der Mann.

Hannah klappte der Unterkiefer herab. Luc war tot? Und wer war dann der Mann gewesen? Und wie lange saß sie da schon hier?

„Ein paar Tage? Welcher Tag ist denn heute?"

„Sonntag!", antwortete der Polizist.

„Oh mein Gott!", seufzte Hannah und stemmte sich mit wackligen Beinen an der Wand hoch.

„Herr Kommissar! Hier ist die Decke!", rief einer der Männer und kam damit in den Raum.

Sofort hatte Hannah sich die Decke um die Schultern gelegt und hielt sie sich vorn zu, denn immer mehr Männer betraten die Kammer.

„Haben sie den Mann erkannt?", fragte der Kommissar.

„Nein! Gerochen und gespürt!", entgegnete sie.

„Sind sie sicher, dass es ein Mann war?", wollte der Kommissar nun wissen.

„Ja! Ich hatte schon mal was mit einer Frau!", antwortete Hannah leicht genervt.

„Sicher?"

„Herr Kommissar! Ich weiß, wie sich das anfühlt und ich kann unterscheiden, ob ein Mann oder eine Frau mich fickt!", sagte sie ärgerlich und sehr laut.

Einige der Polizisten kicherten.

Der Kommissar räusperte sich und setzte so etwas wie: „Da gibt es ja diese Dinger zum Umschnallen" hinzu.

„Hat er ein Kondom dabei benutzt?", fragte er noch.

„Ich glaube nicht!"

„Egon! Wir müssen sofort eine Probe für das Labor entnehmen!", rief der Polizist.

„Hier? Kann ich nicht erst mal aus diesem Abstellraum raus? Ich will was essen! Was trin-

ken! Mich duschen und anziehen! Geht das?",
bettelte sie fast.

„Natürlich! Könnten sie den Täter irgendwie
identifizieren?", fragte der Kommissar jetzt.

„Den kann ich unter tausenden am Geruch erkennen! Sein Duft ist auch da an der Türklinke!",
erwiderte sie entschlossen.

„Also ich rieche nichts!", sagte der Mann, der
die Decke gebracht hatte.

„Wir werden alle Spuren sichern!", sagte der
Kommissar.

„Sichern sie mir vor allem die Klinke!", wollte ihr Unterbewusstsein schon dazusetzen, aber
Hannah verkniff sich diese Bemerkung.

„Wir bringen sie erst mal in das Labor und
dann sehen wir weiter!", erklärte der Kommissar
und führte sie in das Licht hinaus.

Frische Luft füllte ihre Lungen und reinigte
ihre Nase.

Es war eigentlich schade um den schönen
Duft!

## 14. Kapitel
# (Un)Freiwilliger Personenschutz

$\mathcal{P}$eter hatte den richtigen Riecher gehabt und an der Tür der Kammer, in welcher der Onkel früher neben dem Heizungskeller seine Ersatzteile gelagert hatte, steckte sogar noch der Schlüssel.

Momentan saß die Frau, in die Decke gehüllt, neben ihm auf dem Beifahrersitz und sie fuhren schweigend zum Labor. Sie war deutlich blass um die Nase und zitterte leicht, das konnte aber nicht der Temperatur geschuldet sein, denn es war eigentlich viel zu warm, als dass man frieren konnte.

Vermutlich waren es die Erlebnisse dieser drei Tage im Keller, die ihr gerade zu schaffen machten. Jedenfalls war Peter froh, dass sie die Frau noch lebend gefunden hatten.

Es war ein weiterer Pluspunkt für seinen Bericht und wenn die Fahndung nach Frau Engel jetzt auch noch ein Erfolg wurde, dann standen seine Chancen gar nicht mal so schlecht, aus dieser Sache ungeschoren zu entkommen.

Peter hatte eine überlebende Zeugin!

„Können sie denn den Mann beschreiben?", fragte er erneut.

„Nein! Es war immer dunkel. Er hat wohl so eine Art von Nachtsichtbrille getragen", sagte sie leise.

„Und sie sind sicher, dass es ein Mann war?"

„Ziemlich!", erwiderte sie und blickte zu ihm herüber.

„Ich hatte eigentlich eine Frau unter Verdacht, aber wenn sie sagen, dass es ein Mann war, dann wäre das wohl falsch!"

„In der Tat!", gab sie ihm schnippisch zurück.

„Obwohl mir da ein Kollege mal etwas aus einem Urlaub in Thailand berichtet hatte. Ich kann ihnen sagen, Mann oh Mann! Wir hätten sie also als Zeugin, haben aber trotzdem keine Spur. Mist!", erläuterte er mehr für sich.

„Ich könnte ihn mit verbundenen Augen wiedererkennen! Der Duft war so markant, den erkenne ich unter tausenden sofort heraus!", erläuterte die Frau.

„Wirklich?"

„Wirklich! Sie tragen ein Parfüm von Otto Kern, Egoluxe Masculin, dazu einen nicht ganz passenden Deoroller von Fa und ein ziemlich billiges Duschgel. Das war in der letzten Woche beim Discounter im Angebot für 0,69 Euro!", sagte sie.

„OK. Und was für ein Aftershave?"

„Keines!", antwortete sie sofort.

„Test bestanden! Allerdings können wir damit kein Phantombild zeichnen!", erklärte er grübelnd.

Nach einer Weile setzte Peter hinzu: „Zumindest hätten wir seine DNA, wenn er wirklich kein Kondom benutzt hatte!"

„Es war zwar finster, aber es hat sich nicht so angefühlt!", bemerkte sie.

„Das wird gleich das Labor feststellen können. Wir sind dann auch schon da!", entgegnete Peter und bremste vor dem Gebäude.

„Können sie bitte bei mir bleiben? Da würde ich mich besser fühlen!", bat sie ihn beim Aussteigen.

„OK. Also Labor, duschen und dann essen? Wenn das für sie in Ordnung ist? Oder erst essen und danach duschen?", fragte er.

„Nein! Duschen und nachher das Essen wäre prima!", sagte sie, während sie den nackten Fuß auf die unterste Stufe der Steintreppe setzte.

„Haben sie einen speziellen Wunsch, das Essen betreffend?", erkundigte sich Peter bei ihr.

„Pizza Hawaii, wenn es geht!"

„Geht klar!", antwortete er, angelte das Telefon aus der Jackentasche und bestellte, während sie nach oben zu den Räumen des Labors stiegen.

Zusammen betraten sie den Laborraum und Sarah, Egons junge Assistentin, wies Frau Müller einen Platz im Behandlungsstuhl zu.

Peter wollte sich umdrehen und gehen, als sie sich setzte, ihn am Ärmel festhielt und sagte: „Bitte bleiben sie!"

Damit musste er jetzt neben ihr stehen bleiben, während Sarah mit mehreren Wattestäbchen die Abstriche entnahm.

Er wollte nicht hinsehen, aber die spiegelnden Schrankvorderseiten der Laboreinrichtung warfen das Bild von allen Seiten zu ihm zurück.

„Ich kann aber keine Spuren für ein gewaltsames Eindringen feststellen", stellte Sarah fest.

„Ich war gefesselt! Sehen sie", sagte Frau Müller und dabei zeigte sie die deutlich sichtbaren Striemen an ihren Handgelenken. Danach setzte sie hinzu: „Wenn mir jemand ungefragt etwas in den Körper steckt, dann ist das eine Vergewaltigung! Sie kennen das Strafgesetzbuch?"

Die Hand der Assistentin zuckte zurück. „Hätte ich sie jetzt fragen müssen, ob ich den Abstrich nehmen darf?", entfuhr es Sarah.

„Nein! Ist schon in Ordnung. Der Kommissar hat mich zuvor gefragt und ich habe zugestimmt!"

„Ich wäre dann jetzt auch fertig!", erklärte Sarah und ihr Gesicht hatte deutlich Farbe angenommen.

„Jetzt die Dusche! Soll ich da auch dabei bleiben?", erkundigte sich Peter.

„Ich bitte sie darum!", wünschte sich Frau Müller.

„Haben sie Handtücher und Duschgel für Frau Müller?", fragte er Sarah, die sofort aus dem Zimmer eilte.

Wenig später hatte er das gewünschte in der Hand.

Frau Müller rümpfte leicht die Nase beim Geruch des Duschgels, aber sie akzeptierte es schließlich. Sarah hatte auch noch einen weißen Bademantel aus irgendeinem Frotteestoff mitgebracht, den er nun über dem Arm trug.

Es waren nur ein paar Schritte bis zu den Duschräumen.

„Soll ich wirklich?", fragte er vor der Tür.

„Ja! Bitte!", forderte sie ihn auf.

„Aber da sind keine Kabinen drin! Nur offene Duschen!", erklärte er ihr die Räumlichkeiten.

„Sie haben mich doch aber schon nackt gesehen!", entgegnete sie.

„Das ist auch wieder wahr! Moment!", sagte Peter, klopfte und schob die Tür auf. „Hallo?", rief er in den Raum, aber dieser war leer.

Gemeinsam betraten sie die Dusche. Er schloss die Tür und lehnte sich mit dem Rücken dagegen. Somit blockierte er diese mit seinem

Körpergewicht, während Frau Müller die Decke von den Schultern warf, das Duschgel nahm und sich unter den Strahl der Brause stellte.

Diesmal gab es keine spiegelnden Flächen, die seinen zur Wand gerichteten Blick zu ihr zurückwarfen, aber er hatte sowieso schon alles gesehen.

Sie stand mit dem Rücken zu ihm und ließ das Wasser ziemlich lange laufen, bevor sie sich von ihm zuerst das Handtuch holte und wenig später den Bademantel überzog.

Es klopfte und Frau Müller zuckte deutlich zusammen.

Peter rief: „Moment!" Dann öffnete er die Tür einen Spalt. Es war Sarah, die ein paar Badelatschen durch die Tür reichte.

„Jetzt das Essen!", sagte Frau Müller sichtbar erleichtert.

„Die Pizza müsste eigentlich schon da sein!", erklärte er ihr.

Zehn Minuten und ein paar Treppen später saßen sie in seinem Büro.

Für ein Mannequin hatte sie einen ziemlichen Appetit. Sie verspeiste gierig die ganze Pizza.

„Ich habe drei Tage gehungert!", erläuterte sie mit vollem Mund, weil sie wohl seinen Blick gesehen hatte.

„Soll ich noch eine bestellen?"

„Nein danke, aber haben sie was zu trinken für mich?", bat sie kauend.

„Das müsste ich am Automaten holen!"

„Ich komme mit!", sagte sie, wischte sich den Mund an einer Serviette ab und erhob sich.

Frau Müller schlurfte mit den Badelatschen hinter ihm her zum Getränkeautomaten.

„Was möchten sie?"

„Eine Limo ohne Zucker!", erwiderte sie und zeigte auf ihre Wahl.

Er betätigte den Knopf und die Flasche fiel polternd in den Ausgabeschacht.

„Noch eine!", sagte sie, während sie die erste schon zur Hälfte geleert hatte.

„Wo bringe ich sie nun aber unter? Es ist Sonntag?", fragte er sich leise.

Sie schaute ihn gespannt an.

Auf dem Rückweg zum Büro erklärte er ihr: „Sie sind eine wichtige Zeugin. Der Täter hat ihre Handtasche und ihren Ausweis. Damit weiß er, wo sie wohnen. Möglicherweise lauert er dort auf sie!"

Die Frau zuckte abermals deutlich zusammen.

„Können sie mich nicht begleiten? Irgendwohin? In ein Hotel, eine Pension? Oder vielleicht zu ihnen? Geht das?", bat sie, fast mit Tränen in den Augen.

„Na gut! Ich mache mal ihren Personenschutz!", entgegnete er.

Ein zaghaftes Lächeln huschte über ihr Gesicht.

## 15. Kapitel

# Sommermäusels Reich

Hannah saß am Schreibtisch des Kommissars, verspeiste genüsslich die Reste der Pizza und er fragte sie: „Brauchen sie noch irgendetwas?"

„Etwas zum Anziehen aus meiner Wohnung!", antwortete sie ihm.

„Das wäre zu gefährlich. Der Täter könnte ihre Wohnung beobachten und dann dem Boten folgen. Sie haben in etwa meine Statur. Ich gebe ihnen etwas von mir für die Nacht", erklärte er.

„Ich habe ein bisschen mehr! Zumindest oben rum! Die Körpergröße könnte allerdings passen!", entgegnete sie trotzig.

Es waren zwar nur jeweils 300 ml Silikon gewesen, aber diese Anspielung schmerzte gerade sehr.

„OK! Entschuldigung. Ich meinte Duschgel, Parfüm, Zahnpasta. Schreiben sie einfach auf den Zettel, was sie wollen und Fritz wird es im Bahnhof kaufen. Lassen sie sich beim Preis nicht lumpen, er hat was bei ihnen gutzumachen!", sagte der Kommissar.

Er schob Zettel und Stift über den Tisch und Hannah schrieb die Marken auf, die sie bevorzugte. Nicht zu teuer, aber auch nicht zu billig.

Er nahm den Zettel zurück, sah gar nicht darauf und rief: „Fritz!" Ungesehen wanderte das Blatt zu dem anderen Mann, der auf das Papier sah und deutlich schlucken musste.

„Na was?", fragte der Kommissar und setzte noch hinzu: „Frau Müller hat bei dir noch einen gut!"

Der andere Mann nickte und ging wieder.

„Glauben sie wirklich, dass der Täter, wer es auch immer war, mir noch irgendwo auflauert?", erkundigte sie sich.

„Er hat sie am Leben gelassen und sie sind eine Zeugin, die ihn wiedererkennen kann. Vielleicht hat er jetzt schon gemerkt, dass sie nicht mehr im Keller sind. Wir lassen das Fabrikgelände zwar überwachen, aber das ist ziemlich unübersichtlich", erläuterte er ihr.

„Wenn der wirklich meine Handtasche hat, dann hat er ja meinen Wohnungsschlüssel. Wie komme ich denn da in meine Wohnung? Mit dem Schlüsseldienst?", erkundigte sie sich jetzt.

„Das könnten wir schon machen. Oder haben sie noch irgendwo einen Zweitschlüssel deponiert? Vielleicht bei einer Nachbarin?", fragte er.

Einen Moment überlegte Hannah, dann antwortete sie: „Ja! Bei Cornelia Stark. Sie wohnt nebenan und arbeitet bei der Zeitung!"

Der Mann sprang vom Stuhl auf. „Haben sie eventuell auch einen Schlüssel zur Wohnung von Frau Stark?", wollte er jetzt wissen.

„Ja! Wir haben die gegenseitig getauscht! Der liegt auf dem Schränkchen bei mir im Flur. Wieso?", erwiderte sie.

„Nur so!", entgegnete der Kommissar und setzte sich wieder.

Nach einer Weile erschien der Assistent und brachte eine Plastiktüte mit den gewünschten Artikeln.

Hannah kontrollierte akribisch den Inhalt und war zufrieden.

Dabei tuschelten die beiden Männer irgendetwas und der Assistent verließ den Raum wieder.

„Wir fahren dann mal jetzt zu mir, aber sie müssten sich auf die Rückbank legen. Ich habe hinten getönte Scheiben und da kann sie keiner sehen. Der Wagen steht unten in der Tiefgarage. Fritz hat in gerade dort geparkt!", erläuterte der Kommissar.

Der Lift brachte sie hinab.

Noch war sie nackt unter dem Bademantel, allerdings stand der Wagen in der Tiefgarage praktisch mit der Tür direkt vor der Aufzugtür.

Der Kommissar hielt die Wagentür auf, sie machte ein Schritt und lag auf der Rückbank.

Langsam rollte das Auto an und sie blickte im Liegen nach oben.

Jetzt erst hatte sie wirklich Zeit, um nachzudenken, oder war jetzt erst der Geruch so ganz aus ihrer Nase entwischen?

Hannah fühlte sich hundeelend. In etwa so, als ob sie einen Kater hätte. Vielleicht war das eine Art von Entzugserscheinung.

Der Verstand funktionierte wieder einwandfrei und sie ließ die drei Tage noch mal vor ihren Augen vorbeiziehen.

Sie hatte geglaubt, dass es ein Spiel war, aber es war ernst gewesen. Todernst! Jetzt zitterte sie im Nachhinein.

Obgleich er sie mit seinem Duft gefügig gemacht hatte, war es dennoch ein Verbrechen gewesen.

Und trotzdem stritten im Moment Kopf und Schoß in ihrem Innersten miteinander. Und sie wollte das nicht!

Es war eine Straftat gewesen! Punkt!

Es wurde finster über ihr. Der Wagen fuhr in eine Tiefgarage und ein neuer Lift brachte sie nach oben.

Der Kommissar zog seinen Wohnungsschlüssel aus der Tasche und sie tippte auf das Schild an der Tür. *„Peter Sommermäusel“*, stand da in schöner Schreibschrift darauf.

„Ja! Ich weiß. Das ist kein Name für einen Kommissar. Müller, Lehmann oder Schimanski sind Namen, mit denen man bei der Polizei Karriere machen kann. Bei meinem Namen lachen sich immer alle schief!", erklärte er ihr.

„Also mir gefällt er!", gab sie ehrlich zu.

Die Tür glitt auf.

„Mein Reich! Klein, aber fein!", sagte der Kommissar und ließ ihr den Vortritt.

Das Licht im Flur flammte automatisch auf und sie zuckte zurück. Die Erinnerung an den Keller blitzte kurz auf.

„Ich gebe ihnen erst mal was zum Anziehen!", sagte der Kommissar, als er die Tür hinter sich verschloss.

Die Wohnung war gepflegt eingerichtet.

„Haben sie eine Frau? Das sieht alles sehr hübsch aus!", stellte sie fest.

„Nein! Eine Haushälterin kommt alle paar Tage mal zum Putzen. Bei meiner Arbeit bleibt für eine Familie keine Zeit!", erzählte er.

Dann führte er sie in sein Schlafzimmer, öffnete einen Schrank und gab ihr einen Trainingsanzug, der noch originalverpackt war.

Dieser Anzug passte auf Anhieb, sogar obenrum!

„Ich wollte mal mit dem laufen anfangen. Aber", begann er.

„Der Job hat es nicht zugelassen", ergänzte sie und nickte.

„Und für die Nacht? Haben sie da irgendein schlabbriges T-Shirt? Oder so was Ähnliches? Ich möchte nicht in dem Trainingsanzug schlafen", erwiderte sie.

„Da finde ich schon noch was für sie. Jetzt erst mal zum Abendessen", erzählte der Mann.

Mit einem Blick zum Fenster bemerkte sie, dass die Dunkelheit bereits über die Stadt gefallen war.

Die Angst brach erneut über sie herein.

„Können sie bitte erst mal prüfen, ob alle Fenster fest verschlossen sind?", bat sie ihn.

Gemeinsam machten sie einen Kontrollgang durch die gesamte Wohnung und dieser endete in der Küche, die ziemlich modern ausgestattet war. Die meisten Geräte waren aber vermutlich unbenutzt.

Als er den Kühlschrank öffnen wollte, klingelte sein Telefon.

„Bitte, suchen sie sich was aus!", sagte er, ging zur Seite und nahm das Gespräch an.

„Das dachte ich mir schon. Sage Egon Bescheid und lass noch mal verstärkt nach Frau Engel suchen. Am Flugplatz, dem Bahnhof, am Bus! Rufe mich an, wenn es etwas Neues gibt!", hörte sie, während sie den Inhalt des Kühlschrankes kontrollierte.

„Der Eiersalat ist noch gut!", sagte sie mit einem prüfenden Blick auf das MHD der Schachtel.

„Dazu Brot und Tee? Was möchten Sie?", fragte er.

„Einen Früchtetee, wenn sie da einen haben."

„Hagebutte?", entgegnete er, als er den Schrank öffnete.

„Gern!"

Der Wasserkocher begann zu summen und sie schnitt das Brot in ein paar Scheiben.

Beim Abendessen, das sie gemeinsam in der Küche einnahmen, klingelte abermals das Telefon.

„Ihr habt sie? Klasse! Und wo? Am Flugplatz. Hol sie ab, bringe sie zur Zelle. Lass eine Leibesvisitation machen und überzeuge dich, ob sie einen Penis hat. Ja! Frag nicht so blöd. Und nehme eine DNA-Probe von ihr für Egon. Dann sorge dafür, dass sie morgen noch da ist. Nein! Die Frau, nicht die Probe!"

Er legte auf und stöhnte: „So ein Depp!"

„Jonny Depp?"

„Nein! Fritz Depp!", entgegnete er lächelnd.

Hannah musste bei seiner Bemerkung schmunzeln.

„Der Tag war lang. Ich glaube, ich muss jetzt in mein Bett. Wo kann ich schlafen?", erkundigte sie sich.

„In meinem Arbeitszimmer ist ein Notbett, wenn ihnen das behagt?"

Hannah nickte und setzte hinzu: „Lassen sie aber bitte das Licht an! Vorher brauche ich das T-Shirt und dann muss ich noch mal ins Bad. Kommen sie mit?"

„Ja! Alles der Reihe nach. Zuerst das Bett", antwortete er.

Das Notbett war recht bequem, wie Hannah feststellte und auch schnell bezogen. Dann gab er ihr ein T-Shirt, welches ihr fast bis zu den Knien reichte und zum Schluss machte sie sich mit der Tüte in der Hand auf den Weg ins Bad.

Er folgte ihr mit einem Schritt Abstand und wollte draußen warten, aber sie zog ihn einfach hinter sich her.

Damit stand er, wieder gegen die Tür gelehnt, hinter ihr, während sie sich zuerst umzog, dann auf die Toilette ging und sich abschließend die Zähne putzte.

„Wenn man zusammen auf dem Klo war, dann kann man auch Du sagen", bemerkte sie über die Schulter zu ihm.

„Wenn sie möchten. Ich bin Peter."

„Hannah!"

Sie nickte ihm im Spiegel zu.

Ein paar Minuten später lag sie im Bett, das Licht war an, aber der Schlaf kam nicht.

Sie hörte wie Peter nebenan in sein Bett ging.

Die Tür gegenüber hatte er offen gelassen. Somit hatte sie gewissermaßen das Bett und ihn im Blick.

Doch jetzt in der Stille begannen abermals diese unnützen Gedanken von Schuld, Recht und Unrecht wieder in ihrem Kopf zu kreisen.

Die verdrängte Angst war zurück!

Und immer, wenn sie die Augen schloss, waren der fremde Mann in ihrem Kopf und sein Duft in ihrer Nase.

Jedes leise Geräusch schreckte sie zusätzlich auf.

## 16. Kapitel
# Gefangen und doch frei

Jetzt saß Aurelia in der Gefängniszelle, die Tür war zu und das würde sie sicherlich auch bis zum nächsten Morgen sein. Auf dem Flugplatz waren die Handschellen erneut zugeschnappt.

Sie hatte Daria mit den Kindern zur Erholung auf die Malediven geschickt und mit der Ausrede, auf Paulchen aufpassen zu müssen, dafür gesorgt, dass der Abschied fast ohne Tränen vonstattengegangen war.

Dabei hatte sie diese „Zeremonie" besonders aufwendig gestaltet, um einen eventuell sie verfolgenden Mann davon zu überzeugen, dass sie im Land geblieben war und es nicht nötig war, die Partnerin zu verfolgen.

Es hätte nur noch gefehlt, dass sie sich ein Schild mit der Aufschrift: *„Ich bin Aurelia Engel und werde von der Polizei gesucht!"*, um den Hals gehängt hätte.

Die Polizisten waren dann ziemlich ruppig gewesen. Vor der Einlieferung in diese Zelle hatte sie sich vollständig entkleiden müssen und das Abtasten sämtlicher Körperöffnungen durch eine Polizistin war auch nicht unbedingt das, was man sich für einen Sonntagabend so vorstellen konnte.

Momentan trug sie einen kratzigen Polizeitrainingsanzug auf der nackten Haut, doch sie lächelte, denn das wichtigste war, dass die Familie in Sicherheit war.

Ihre Unschuld würde sie noch beweisen können.

Hoffentlich!

Einen Tag lang war sie untergetaucht und in dieser Zeit waren die irrsten Gedanken durch ihren Kopf getobt.

Gerade tauchte hinter ihr, am Zellenfenster, der Vollmond auf. Eigentlich war es schon ein etwas eiförmiger abnehmender Mond und gerade dieser Himmelskörper hatte sie in der letzten Nacht zu der irrwitzigen Idee getrieben, sich der Polizei zu stellen.

Vor ein paar Jahren hatte sie mit Daria eine Dokumentation gesehen, in der es um Vampire, Werwölfe und Schlafwandler gegangen war.

Der Mond mit seiner hellen Scheibe hatte dafür gesorgt, dass sie sich wieder daran erinnert hatte.

Die Morde in der Umgebung hatten begonnen, als es Vollmond geworden war.

War es eventuell möglich, dass sie diese Verbrechen unbewusst in der Nacht wirklich selbst begangen hatte?

Alle, bis auf den Überfall auf die Joggerin?

Doch hatte dieses Verbrechen möglicherweise etwas in ihr verborgenes an die Oberfläche gebracht?

Irgendwo in der Tiefe ihrer Seele schlummerte eine Dämonin!

Das wusste sie schon lange und im wachen Zustand hatte ihr Verstand die Kontrolle, da war sie der Engel der Liebe, die liebevolle Mutter und zärtliche Partnerin.

Hatte aber der Mond ihre unbewusste Seite geweckt? Die Dämonin auf den Plan gerufen?

Aurelia wusste schon seit Jahren, dass sie sich in jedes beliebige Wesen verwandeln konnte. Sie brauchte nur an einen Werwolf denken und den Wunsch auszusprechen, so auszusehen, und sie würde einer sein.

Mit all dem ausgestattet, was einen richtigen Werwolf so ausmachte, also auch mit übermäßiger Kraft!

Doch gerade saß sie hinter Betonwänden, die sie hoffentlich vor dieser Kraft beschützten.

Zumindest so lange, bis die Polizisten zweifelsfrei festgestellt hatten, dass sie unschuldig war. Und für diese Zeit konnte sie wenigstens Daria nichts tun!

Gewissermaßen war sie nun durch die Gefangennahme frei!

Die dicke Tür der Zelle schützte die Umwelt vor ihr. Und auch sie selbst vor einem Täter, falls es denn wirklich gab, denn die Häufung der Opfer in ihrer Umgebung hatte ihr schon zu denken gegeben.

Hannah, Gisela, Luc Detrox, obwohl sie den ja nicht persönlich kannte, aber er hatte mal zu Daria gesagt, dass sie es nie zu etwas bringen würde.

Vielleicht hatte diese Bemerkung das Tier in ihr geweckt. Ein unbedachtes Wort des Mannes konnte ihm den Tod gebracht haben.

War Aurelia am Tag der Engel und nachts der Dämon? Möglicherweise, denn es waren beide Seiten definitiv in ihr zu finden!

Am liebsten hätte sie darüber mit Lilith gesprochen, aber die abweisende Art der Mutter beim letzten Mal hatten sie bisher davon abgebracht.

Diese Sache hier musste sie selbst bis zum bitteren Ende durchstehen.

War sie nun schuldig oder unschuldig? Oder unbewusst straffällig?

Aurelia ließ sich auf die knarrende Pritsche fallen. Es war ihr Lager für die Nacht. Unbequem, ohne Bettzeug, aber im Moment der sicherste Platz im gesamten Universum.

Es war verrückt, aber dennoch logisch. Mister Spock hätte seine helle Freude an ihren Überlegungen und würde sagen: „Faszinierend!"

Der Mond verschwand hinter einer Wolke.

Ausgestreckt liegend, die Hände unter dem Kopf, tobten in der Finsternis erneut die Zweifel durch ihre Gedanken.

Sie richtete ihren Blick zur Tür und fragte sich, ob diese ihren unterbewussten Kräften widerstehen könnte?

Wer wusste schon genau, wie stark so ein Werwolf sein konnte? Und wie stark erst einer, der fünf oder zehn Meter groß war!

Damals, bei Luzifer in der Hölle, hatte sie mit der Wandelung ihrer Gestalt begonnen und er hatte ihr gesagt, dass nur ihr eigener Geist die Grenze setzte. Nicht Raum, Zeit oder irgendetwas anders, was Menschen sich erdacht hatten.

Mit einem Fingerschnippen hätte sie die Dimension eines Wesens, das den Mond in der Hand halten konnte.

Zumindest so lange, bis Gott einschreiten würde, um sie zu stoppen, denn er würde es ja sicherlich nicht zulassen, dass sie mit Planeten Murmeln spielen würde.

Aurelia zuckte zusammen, denn waren es nicht genau solche Gedanken, die das Unheil bringen konnten? Ein Traum und eine unbewusste Handlung und alles um sie herum wäre unrettbar verloren.

„Fort ihr nutzlosen Fantasien!", sagte sie laut vor sich hin und leerte ihren Kopf.

Damals, als Engel im Himmel, hatte sie noch nicht solchen Blödsinn im Kopf gehabt. Erst Lilith hatte ihr, durch die Erweckung ihres Herzens, solche Ideen in ihr Haupt gelegt.

„Ich habe Angst!", flüsterte sie.

Damit war die Dämonin jetzt wirklich die Einzige, die ihr noch helfen konnte.

Aurelia dachte noch eine Weile verzweifelt hin und her, bevor sie dann doch nach der Mutter rief. Wie ein ängstliches Kind in der Nacht und genau das war sie momentan auch.

Es dauerte einen Augenblick, bevor die Dämonin bei ihr erschien.

„Was ist?", fragte sie und sah ich um. „Du bist in einer Zelle?", setzte sie hinzu.

„Ja! Freiwillig. Ich habe Angst!", sagte sie.

Lilith setzte sich neben sie auf das Bett.

Aurelia begann all das zu erzählen, was sie die ganze Zeit in ihrem Kopf herumgewälzt hatte und es tat gut, darüber mit jemanden zu reden.

Geduldig hörte Lilith zu, dann strich die Mutter ihr eine Locke aus der Stirn. „Das ist dein Gewissen, was dich quält, aber da du eines hast, bist du es auch sicher nicht gewesen", flüsterte die Dämonin liebevoll.

„Und wenn doch?", fragte sie mit Tränen auf der Wange.

„Ich bin ein Monster!", schluchzte Aurelia.

„Das bist du nicht. Schlaf jetzt, mein Kind", wisperte die Dämonin und sang erneut jenes altbabylonische Wiegenlied.

Dem Engel zog es dabei die Augen zu. Aurelia hoffte auf einen traumlosen Schlaf und ein Erwachen in der intakten Zelle, denn das wäre dann schon mal ein Beweis dafür, dass sie in dieser Nacht nichts angestellt haben konnte.

## 17. Kapitel
# Die Leiden des Kommissars S.

*P*eter erwachte, als Hannah in der Nacht an sein Bett trat und ihn an der Schulter berührte. Fragend blickte er sie an.

„Ich kann nicht schlafen! Jedes Mal, wenn ich die Augen schließe, dann bin ich wieder da unten im Keller! Kann ich mit unter deine Decke?", fragte sie.

„Na gut! Ich beschütze dich!", entgegnete er, hob die sommerlich dünne Bettdecke an und ließ sie darunter schlüpfen.

Hannah schaltete das Licht der Nachttischlampe an und streckte sich neben ihm aus.

Eigentlich war das Bett breit genug, dass sie beide bequem Platz darin gehabt hätten, aber sie legte sich so nah zu ihm, dass er sie spüren konnte.

„Danke Peter", sagte sie leise.

Er blickte zur Zimmerdecke und war jetzt wach, während er an ihren Bewegungen und an ihrem Atem spürte, wie sie neben ihm langsam einschlief.

Die Ereignisse des Tages sausten jetzt wie ein Film an ihm vorbei.

Es hatte noch eine Leiche gegeben. Wie er befürchtet hatte, war der Täter vermutlich auch bei

Frau Stark in die Wohnung eingedrungen und hatte die Frau getötete.

Damit hatten sie nun wirklich an jedem Tag eine Leiche gehabt.

Zum Glück war Hannah körperlich relativ unbeschadet geblieben. Seelisch war da sicherlich noch einiges zu beheben und das würde einer der Polizeipsychologen gewiss ab dem nächsten Tag übernehmen.

Und auch Aurelia Engel befand sich momentan in einer Gefängniszelle, wenn Fritz das nicht versauen würde.

Er musste schmunzeln, bei dem Gedanken an das Gesicht seines Assistenten, als dieser den Beutel aus der Drogerie an Hannah übergeben hatte. Mit der Rechnung in seiner Hand hatte er wie ein kleiner Junge dagestanden.

Der Betrag war gerade noch so zweistellig gewesen, aber das hatte er sich selbst zuzuschreiben, denn ohne sein Versagen hätten sie Hannah schon zwei Tage eher befreien können. Und da waren 96,37 Euro noch eine geringe Strafe dafür.

Auf dem Nachttisch lag sein Handy und eine Nachricht blinkte. Peter öffnete die Anzeige. *„Kein Penis!"*, stand da nur. Schade, es hätte so gut gepasst, aber die letzten Zweifel waren damit für ihn auf alle Fälle erst mal aus der Welt.

Schließlich hatte Sarah eine Spermaprobe aus Hannah entnehmen können.

Seine Gedanken flogen zurück zu dieser seltsamen Situation: Hannah im Stuhl, Sarah auf dem Hocker davor beim Abstrich und er mit seinem Blick im Spiegel. Im Prinzip hatte er dabei tief in ihren Schoß geschaut, den Sarah mit zwei Fingern offen gehalten hatte.

Jetzt blickte Peter zur Seite. Hannah war wirklich sehr hübsch. Sie war eben ein Mannequin und da musste man auf sein Äußeres achten. Sie hatte lange dunkelbraune Haare, die ihr in sanften Wellen bis weit in den Rücken fielen, das Schamhaar hatte sie zu einem dünnen Strich rasiert und sonst wuchs bei ihr keinerlei Körperbehaarung. Die Brüste waren sicher operiert, denn sie sahen zu gleichmäßig aus.

Nun bekam er dieses Bild nicht mehr aus dem Kopf. Hannah nackt und mit gespreizten Schenkeln im Behandlungsstuhl!

Im Schlaf drehte sie sich ihm zu, ihr Haar fiel ihr ins Gesicht und gleichzeitig drückte sie ihm dabei ihre Brust in die Seite. Die war wirklich nicht echt, aber das Gefühl war einfach unbeschreiblich.

Wann war er das letzte Mal mit einer Frau im Bett gewesen? Mehr als drei Jahre war das sicherlich schon her!

Eigentlich sollte er sie beschützen, aber sein Körper begann auf ihre Wärme und Nähe zu reagieren.

130

Die Bilder sausten in einer Folge weiter durch seinen Kopf: Hannah nackt im Keller, unter der Dusche, auf der Toilette und im kurzen T-Shirt vor seinem Bett.

Derzeit lag sie an seiner Seite und schnarchte leise.

Er hing mit seinem Blick an ihrem Gesicht, an ihren wunderschönen Zügen, den geschwungenen Augenbrauen, den Wimpern und die Schlafanzughose spannte bereits.

Und Peter hatte keine Chance, Hannah irgendwie auszuweichen.

Sie ruhte jetzt auf seinem Arm und ihr wundervoll duftendes Haar lag direkt vor seiner Nase. Sollte er sie wecken? Dann würde sie allerdings bemerken, dass sich schon die Bettdecke abhob.

Und sie hatte das Licht angelassen.

Ablenken! Er musste sich von ihr ablenken und ganz schnell an etwas anders denken!

Der Chef und der Rapport am nächsten Tag fielen ihm wieder ein.

Peter richtete seinen Blick zur Zimmerdecke hinauf. Was würde er sagen? Wie war der Stand der Ermittlungen? Aurelia Engel war in Haft. Zwei Männer und zwei Frauen waren tot, aber Hannah war als Zeugin gerettet.

Und sie war wunderschön! Erneut zog ihr Gesicht seinen Blick zu sich.

Die Ablenkung war missglückt und seine Gedanken waren abermals bei Hannah.

Leise schnarchte sie und sabberte dabei auf seine Schlafanzugjacke.

Wenn das Ziehen in der Leistengegend nicht so schlimm gewesen wäre, dann hätte er im Augenblick darüber schmunzeln müssen.

Er hätte sich nicht darauf einlassen sollen, sie mit ins Bett zu nehmen!

Im Schlaf zog sie jetzt das Knie an und ihr Bein rutschte auf seinem bedrohlich nach oben.

Noch zwanzig Zentimeter, dann würde es abrupt gestoppt werden und er würde sich danach vor Schmerzen im Bett winden, falls sie das schnell machen würde.

Einen weiteren Zentimeter rutschte ihr Knie höher und fast trat ihm dabei schon der Angstschweiß auf die Stirn.

Konnte er das Bein mit der Hand stoppen?

Die Berührung würde sie sicherlich wecken und ihr Blick war gerade auf die Stelle gerichtet, die sie nicht sehen sollte.

Ein Zirkuszelt war ein Nichts dagegen!

Einschlafen war damit auch nicht möglich.

„Du hast dich in diese Situation gebracht, nun sieh zu, wie du da wieder rauskommst!", flüsterte ihn sein Unterbewusstsein zu und er hörte es höhnisch lachen.

Hannah hatte drei Tage im Dunklen gelitten und war sicherlich ein paar Mal von dem Täter missbraucht worden. Was würde sie sagen, wenn sie just erwachte und das Erste, was vor ihren Augen stand, ein erigierter Penis war?

Zwei weitere Zentimeter! Es wurde langsam knapp.

Hannahs nacktes Knie schob sich unter der dünnen Bettdecke über seinen Oberschenkel und das Ziel war klar!

Die Länge einer Hand trennte das Knie noch von seinem Unterleib und seinen momentan zum Platzen gespannten Hoden.

Ein Ruck ging durch ihren Körper, das Knie zog hoch und er zuckte zusammen.

Gegenwärtig waren es noch fünf Zentimeter!

Noch so eine Bewegung und er würde sich im Bett krümmen. Es half alles nichts, er musste sie wecken, um Schlimmeres zu verhindern.

Später konnte er immer noch mit ihr darüber reden und der Psychologe hätte noch ein paar zusätzliche Fragen zu klären.

Peter legte seine Hand auf ihre Schulter und flüsterte: „Hannah! Bitte wach auf!"

Ein neuer Ruck ging durch ihren Körper.

Beinahe hätte er dabei aufgeschrien, aber sie war jetzt wach.

„Ups!", entfuhr es ihr.

Er wollte sich dafür entschuldigen, aber sie schüttelte den Kopf und zog ihr Knie wieder aus der Gefahrenzone.

„Du hast wohl lange keine Frau im Bett gehabt. Oder?", flüsterte sie.

Ihre Stimme klang verführerisch.

Ihm war es peinlich, darüber mit ihr zu reden.

„Entschuldige bitte", brachte er nur stammelnd heraus.

Sie blickte ihn an und ihre blauen Augen schienen ganz tief in ihn hineinzukriechen.

„Da gibt es doch nichts zu entschuldigen. Mann und Frau gemeinsam im Bett, da kann so etwas schon mal passieren", hauchte sie.

Ihr Mund war ebenfalls wunderschön!

„Aber du warst bei ihm. Er hat dir Gewalt angetan. Ich wollte dich nicht beängstigen", erklärte er ihr.

„So beängstigend ist das nun auch wieder nicht. Eher beachtlich!", flüsterte sie.

Ein herrliches und betörendes Lächeln legte sich auf ihre Lippen.

„Wir sollten schlafen. Ich muss dich doch beschützen!", versuchte er sie zu beschwichtigen.

„Ich glaube, du kannst erst wieder schlafen, wenn das Zelt verschwunden ist. Oder?", fragte sie schmunzelnd.

„Vermutlich. Lass mich einfach schnell auf die Toilette", antwortete er.

„Dazu ist das viel zu schade", entgegnete Hannah.

Ihr Bein schob sich abermals nach oben, aber diesmal konzentriert und fast streichelnd.

„Hannah! Bitte!", stöhnte er gequält auf.

„Ich habe mich noch gar nicht für meine Rettung bei dir bedankt!", hauchte sie zärtlich in sein Ohr.

Ihre Hand tastete sich unter die Decke!

„Da gibt es nichts zu danken. Das war mein Job!", brachte er gepresst hervor.

Wenn das Knie noch zwei Minuten so weiter an ihm rieb, oder die Hand noch zehn Zentimeter weiter glitt, dann löste sich das Problem vermutlich von selbst!

## 18. Kapitel
# Katzen bei Nacht

*D*iese Situation war verrückt, aber irgendwie hatte ihr Unterbewusstsein wohl abermals die Kontrolle übernommen. Hannah lag in Peters Bett und rieb sich an ihm, wie sich wohl eine rollige Katze an ihrem Kater reiben würde.

Ihr Verstand hätte einschreiten müssen, aber der war vermutlich gerade mal wieder anderswo unterwegs.

„Hannah. Bitte! Das geht nicht!", brachte Peter nur gequält heraus.

„Bleib einfach liegen und lass mich machen!", hauchte sie und riss die Decke zurück.

Er hatte gar keine Wahl und sie keine Unterwäsche an.

Es dauerte keine Sekunde, da hatte sie ihm die Schlafanzughose herunter geschoben, war über ihn gerollt und hatte dieses beachtliche Exemplar von Penis tief in sich aufgenommen.

Beide stöhnten sie auf, als sie ihre Hüften ein wenig drehte.

Hannah richtete sich auf, zog sich das T-Shirt über den Kopf und warf es einfach hinter sich.

Langsam bewegte sie das Becken auf und ab. Es war erregend, wie ihre Labien seinen eingeführten Schaft umklammerten, obwohl sie noch nicht sehr feucht war.

Peter brauchte nicht lange, bis er seine Ladung mit einem Stöhnen tief in ihrem Leib platzierte.

Danach fiel Hannah mit ihrem Oberkörper auf ihn, achtete dabei aber darauf, dass er in ihrem Schoß blieb.

Sie gönnte Peter eine Verschnaufpause, doch die Wärme ihres Innersten sorgte dafür, dass er dabei nicht erschlaffte.

„Ich danke dir. Das hat gutgetan!", stöhnte er, als er wieder zu Atem gekommen war.

„Ich habe dich noch gar nicht gefragt, ob Sarah dir die Pille für danach geben soll. Nicht nur angesichts dessen, was gerade eben war, sondern wegen dem, was in diesem Keller mit dir passiert ist!", erkundigte er sich bei ihr.

„Nein. Keine Gefahr. Ich habe mir im letzten Jahr eine Spirale einsetzen lassen", entgegnete sie.

„Du steckst das alles ziemlich locker weg", sagte er.

„Was denn?", fragte sie schmunzelnd, denn noch steckte er ja wirklich.

„Na diese ganze Situation. Ich habe bei meinem Job schon Frauen kennengelernt, die sind an so etwas zerbrochen. Die konnten danach jahrelang weder darüber reden, noch sich einem Mann ohne Angst nähern", begann Peter.

„Vielleicht bin ich anders, als andere, aber das gerade eben, das wollte ich wirklich", entgegnete Hannah.

„Obwohl es nur so kurz war?", wollte Peter wissen.

„Noch ist es lang", erwiderte Hannah.

Sie bewegte leicht ihr Becken und rieb sich an ihm. Es fühlte sich gut an, wie ihr jetzt vor Verlangen pochender Schoß ihn in sich umschloss.

„Und ich hoffe auch noch nicht vorbei! Bereit für Runde zwei?", fragte Hannah lüstern.

„Nur dann, wenn ich nach oben darf!", antwortete Peter.

„Na mal sehen, aber zieh den Schlafanzug aus. Ich will dich Haut auf Haut spüren!", entgegnete sie, rutschte von ihm und gab ihn frei.

Unverzüglich tauschten sie die Positionen und es begann mit einem leidenschaftlichen Kuss.

Er liebkoste ihre Brüste, strich zärtlich über ihren Bauch und glitt mit den Fingerspitzen über ihre Hüften.

Hannah wandte sich stöhnend unter ihm.

Peter lag zwischen ihren Schenkeln, rieb sich an ihr und machte sie damit fast wahnsinnig.

Dieses schöne Gefühl ließ sie vor Verlangen zittern und sie konnte es kaum erwarten, sich ihm

138

erneut hinzugeben, ihn wieder tief in sich zu spüren.

Alle Angst war aus ihrem Kopf verschwunden. Der Verstand hätte sie bremsen können, aber der war zum Glück gerade woanders.

Solange das Licht an war, und sie sehen konnte, was gerade geschah, würde wohl alles in Ordnung sein.

„Mach schon, kein Vorspiel!", flüsterte sie ihm ins Ohr.

Endlich glitt er ein Stück in sie und sie stöhnte auf.

Peter begann sich langsam zu bewegen und es war genau der richtige Rhythmus für sie.

Hannah hob ihr Becken und bewegte sich ihm schnaufend entgegen.

Sie genoss die Berührungen auf und in sich.

Alles war gut! Peter streichelte sie und stützte sich von ihr hoch, wodurch die Last seines Körpers nicht mehr auf ihr ruhte.

Eine Hand stützte er neben ihrem Kopf auf, die Fingerspitzen der Zweiten streichelten an ihrer Brust.

Hannah fühlte, wie es langsam begann, über ihren Körper zu rollen. Dieses Gefühl war unbeschreiblich und intensiv. Nun gab es für sie kein Halten mehr.

Lauter keuchte sie.

Ein letzter tiefer Stoß, das war der Wahnsinn.

Sie kam und alle Wellen schlugen über ihr zusammen.

Hannah fiel in die Tiefen des Höhepunktes, der sogar jeden übertraf, den sie im Keller gehabt hatte. Zuckend lag sie auf dem Bett und keuchte vor unbändiger Leidenschaft.

Peter war so rücksichtsvoll, sich weiter in ihr zu bewegen, bevor er erneut tief in ihr kam.

Er glitt aus ihr, deckte sie zu und ein paar Augenblicke später schliefen sie beide entspannt, glücklich und nackt nebeneinander ein.

Geweckt wurde Hannah dann durch einen zärtlichen Kuss und die Frage: „Runde drei?"

Während der neue Tag vor dem Fenster mit Vogelgezwitscher anfing, begannen sie schnaufend den Tag in der Art, wie sie den zuvor beendet hatten.

Peter war leidenschaftlich und ziemlich stürmisch, aber ihr gefiel das ausgesprochen gut.

Nach der zärtlichen vierten Runde gingen sie gemeinsam ins Bad. Allerdings war die Duschkabine für zwei leider viel zu klein.

Während sie also duschte, saß er auf der Toilette und sah ihr dabei zu, anschließend wechselten sie auch hier die Plätze.

Hannah konnte keinen Blick davon abwenden, wie er sich unter der Dusche abseifte und sie spürte in sich, dass diese Nacht etwas Grundlegendes in ihr geändert hatte.

Ihr Herz sagte: „Ich liebe dich!" Das war etwas, was sie bis zum Abend zuvor noch nie in sich gefühlt hatte.

Wurde diese Empfindung von dem Mann geteilt? Konnte sie ihn fragen? Nach nur einer Nacht?

Hannah zögerte und zog sich den Trainingsanzug an.

„Mal sehen, was die nächste Nacht so bringt!", sagte ihr Kopf und im Spiegel sah sie das Lächeln, das sich bei diesem Gedanken auf ihrem Gesicht zeigte.

Im Moment war sie glücklich und alles war gut. Die Dunkelheit und die Angst waren fern.

Peter trat hinter sie, schob die Locken zur Seite und küsste ihren Hals.

Etwa eine halbe Stunde später, nach der fünften etwas stürmischeren Runde, machten sie sich auf den Weg, zurück in Peters Büro.

Hannah lag, zufrieden lächelnd, erneut auf der Rückbank. Ihre Hand ruhte auf ihrem Bauch und sie spürte dort die Schmetterlinge. Diese Sinnesempfindung war wunderschön!

Mit dem Lift fuhren sie hinauf und gingen gemeinsam in den Raum, der übervoll von Polizisten war.

„Zuerst einmal möchte ich allen danken, die gestern, am Sonntag, mitgeholfen haben, Frau Müller aus ihrem Kerker zu befreien", begann Peter.

Sie setzte hinzu: „Ich möchte mich ebenfalls dafür bedanken!"

Beifälliges Nicken der Männer und zustimmendes Gemurmel folgte.

„Nun zum Stand der bisherigen Ermittlungen. Egon?", setzte Peter fort.

„Die Proben von Frau Müller und die von Frau Engel werden gerade untersucht. Die Ergebnisse gibt es im Laufe des Tages. An der Türklinke des Kellers haben wir leider keine Fingerspuren gefunden und auch der von Frau Müller erwähnte Geruch ist nicht mehr feststellbar. Allerdings hat sich einer der Polizeihunde geweigert, auch nur in die Nähe des Beutels zu gehen", sagte einer der Anwesenden.

Der Mann hob die in Folie verpackte Klinke hoch und legte sie dann vor ihr auf den Tisch.

„Frau Müller, wollen sie mal bitte prüfen, ob der Duft noch daran ist?", fragte Peter förmlich.

In Anbetracht des letzten Versuches im Keller lehnte sie kopfschüttelnd ab. Das fehlte noch, dass sie sich danach, hier mitten im Büro vor den angetretenen Polizisten, stöhnend auf dem Boden wälzen würde.

„Dann auf! An die Arbeit!", sagte Peter und die Männer verließen, einer nach dem anderen, das Zimmer.

Zum Schluss befanden sich nur noch Hannah, Peter und die Klinke im Büro. Das Objekt der Begierde lag direkt vor ihr und schrie förmlich: „Nimm mich mit!"

„Kannst du mir bitte eine Limo holen?", fragte Hannah.

Peter ging und als er zurückkam, lag die Klinke nicht mehr auf dem Tisch, sondern steckte in der Jackentasche ihres Trainingsanzuges.

Jetzt brauchte sie nur einen unbeobachteten Moment, um eine Nase voll von dem Duft der Klinke zu nehmen.

Warum war sie eigentlich jetzt so gierig danach? Hatte der Tag nicht schon mit mehr als einem Orgasmus begonnen?

Die Lust hatte sie gepackt und Hannah bekam offenbar nicht genug davon!

Durch den Stoff der Jacke fühlte sie den harten Metallgriff in der Tasche.

Ein kleines bisschen fühlte sie sich jetzt schuldig, denn sie hatte Beweismittel unterschlagen! Aber die Gier nach dem betörenden Wohlgeruch war stärker, als sie selbst!

## 19. Kapitel
# Suchende Augen

Mürrisch stapfte Siggi durch den kühlen Morgen, aber eigentlich war es ja noch kein Morgen, sondern eher das Ende der Nacht. Der dünne hellere Streifen am Horizont begrüßte den Montag und in ein paar Stunden begann die Arbeit.

Die ganze verdammte Nacht hatte er gebaggert wie ein blöder. Er hatte sicherlich zehn Frauen Drinks spendiert und nun war er trotzdem alleine auf dem Rückweg zu seiner Wohnung.

Sein gesamtes Geld hatte Siggi für die Getränke ausgeben und davon selbst nicht allzu viele bekommen.

Seit mehr als zwei Tagen war er jetzt schon wach. Praktisch seit Freitagabend, aber bis auf eine schnelle Nummer am Samstagmorgen in einem Hauseingang hatte ihm das ausgegebene Geld nichts gebracht.

Zumindest war das besser, als gar nichts.

Wie gewohnt hatte er sich mit ein paar Aufputschmittel wach gehalten, denn er wollte ja keine sich ihm bietende Gelegenheit verpassen.

Jedenfalls blieb ihm die Aussicht darauf, in ein paar Stunden mit Rosa im Kopierraum verschwinden zu können. Ein schwacher Trost, wenn man bedachte, dass sie eigentlich nicht sein Typ war, aber sie war immer gern bereit, sich ein bisschen den Tag zu vertreiben.

Die Hände tief in den Hosentaschen vergraben schlenderte er die Straße entlang, die am Park vorbeiführte. Noch etwa fünfhundert Meter, dann würde er in die kleine Gasse einbiegen, die direkt zu seinem Wohnhaus führte.

Die kühle Nachtluft ließ ihn frösteln und er zog die Schultern hoch. Die aufgestaute Erregung dieser Nacht wollte noch aus ihm heraus, aber da würde ihm wohl nun nur noch der Handbetrieb übrig bleiben.

Etwa hundert Meter vor ihm bog eine Frau auf die Straße ab und kam ihm damit entgegen. Der Schein der Straßenlaternen beleuchtete ihren Weg nur spärlich.

Schritt für Schritt kamen sie sich immer näher und schon nach wenigen Augenblicken konnte er erkennen, dass es eine junge Frau mit langen blonden Haaren war. In einem kurzen Sommerkleid, die Schuhe in der Hand, war sie vermutlich so wie er auf dem Heimweg von einer Party.

Sie war genau das, was er die ganze Zeit gesucht hatte und es war die letzte Chance für diese Nacht! Also die oder keine!

Noch fünf Meter, dann trat er ihr in den Weg.

Siggi sah kein Erschrecken in ihrem Blick, nur Neugier.

Für eine Minute blickten sie sich gegenseitig in die Augen, dann nickten sie sich beide zu.

Die Frau war auf derselben Suche wie er!

Es war sicher mehr wie ein glücklicher Zufall! Und sie standen auch noch am Durchgang zu einer schmalen Gasse, die den Park mit dem Marktplatz verband.

Er zeigte mit dem Kopf in diese Richtung, sie bog ab und Siggi folgte ihr mit einem Meter Abstand.

Nach ein paar Schritten blieb sie in der Gasse stehen und drehte sich zu ihm um. Der Schein einer Laterne fiel genau bis zu ihr und beleuchtete ihr müdes Gesicht.

Ohne auch nur einen Ton von sich zu geben, drückte sie ihn mit dem Rücken gegen eine Häuserwand, kniete sich vor ihn hin und zog ihm in dieser Bewegung Hose und Slip herunter, ohne ihm auch nur den Gürtel geöffnet zu haben.

Siggi stöhnte auf, als der Gürtel sein straffes Glied traf, das die Bewegung der Hose nur kurz bremste, bevor es wieder in die richtige Position sprang.

Die Frau holte sich das, was sie jetzt wollte. Schnell bewegte sie ihren Kopf und ließ dabei ihr Haar fliegen.

Das Ziehen in seiner Leistengegend kündigte das Ende dieser neuen schnellen Nummer an und schon kurz darauf ergoss er sich stöhnend in ihr.

Die Frau erhob sich und im Aufstehen sah er das lüsterne Blitzen in ihren Augen.

Sie war auf den Geschmack gekommen, wollte noch mehr und er war dazu bereit. Einem Kuss wich sie allerdings aus. Offensichtlich wollte sie keine Liebe, keine Küsse, sie wollte nur Sex! So wie er ja eigentlich auch.

Jetzt drückte er sie gegen die Wand, schob ihr das Kleid hoch und bemerkte, dass sie keinen Slip darunter trug.

Er hob sie an und sie umklammerte ihn mit den Beinen. Mit einem Ruck schob er sich in sie und sie stützte sich auf seinen Schultern ab.

Langsam begann er sie zum hoffentlich auch für sie glücklichen Ende dieses Abenteuers zu treiben. Bei jedem Stoß stöhnte sie leise und kam ihm mit ihrem Körper entgegen.

Im Halbdunkel der Gasse war ihr gemeinsames schnaufen zu hören. Das war genau das, was er die ganze Zeit gewollt hatte. Und sicher war es auch für sie die Erfüllung.

Sie waren zwei getriebene, die es gerade trieben.

Siggi spürte, dass er nicht mehr lange durchhalten konnte, aber er wollte sie auch nicht unbefriedigt ziehen lassen, daher nahm er etwas Tempo weg, was aber sofort von ihr mit einem missmutigen Schnauben quittiert wurde.

Damit übernahm sie das Tempo und er stand nur noch da.

Schon merkte er, wie es abermals in der Leistengegend zu ziehen begann. Es war ein untrügliches Zeichen dafür, dass sie gleich unzufrieden gehen musste, da lief ein Zittern über ihren Körper.

Also würde es auch bei ihr nicht mehr lange dauern. Ein gemeinsamer Höhepunkt der Lust kündigte sich an!

Ein letzter tiefer Stoß, dann riss sie den Mund zu einem Schrei auf.

Sofort presste er seine Lippen auf die ihren und sie schrien sich ihre Erlösung gegenseitig tief in den Leib.

Die Frau zuckte unkontrolliert in seinen Armen, warf sich an der Wand hin und her.

Seine Beine versagten und sie fielen seitlich in die Gasse.

Sie hielten sich fest umklammert auf dem Boden.

Weder er noch sie konnten den Orgasmus stoppen.

Sein letzter Gedanke war, wo das alles nur hinlief, dann verschleierte sich sein Blick, so wie auch der ihrige.

## 20. Kapitel

# Kummer und Freude

$\mathcal{D}$er Tag hatte sehr schön begonnen. So schön wie schon lange kein Tag mehr. Oder wie noch nie einer? Peter konnte sich jedenfalls im Moment an keinen erinnern, der mit dreimal ekstatischen Morgensex begonnen hatte.

Jedes Mal, wenn er in Hannahs blaue Augen sah, die fröhlich unter dem haselnussbraunen Pony hervorblitzten, dann machte sein Herz einen Satz.

Jetzt stand er mit ihr im Büro und musste in einer halben Stunde zu seinem Chef. Dazu wollte er sie mitnehmen, aber davor würde er ihr noch sicherlich unsagbar wehtun müssen.

Die ganze Nacht lang hatte er ihr die Wahrheit über ihre Nachbarin verschwiegen, denn mit dieser Sache wäre sie wohl nicht in den Schlaf gekommen.

Doch wie sollte er beginnen?

„Hannah! Bitte setz dich!", sagte er und schob sie zu seinem Sessel.

Er kniete sich vor sie hin, wodurch er ihr in die Augen sehen konnte und er bemerkte diesen gespannten Zug in ihrem Gesicht.

„Du hattest mir doch das mit dem Schlüssel deiner Nachbarin erzählt", begann er.

„Ja. Mit dem von Cornelia. Genau!", entgegnete sie.

„Sicherlich stand an dem Anhänger, zu welcher Wohnung er gehört. Oder?", setzte er vorsichtig fort.

„Ja! Ich habe den immer mit meinem Schlüssel vertauscht!", äußerte sie lächelnd.

„Der Mann, der bei dir im Keller war, der muss ihn auch gefunden haben!", erklärte Peter und sah das Erschrecken in Hannahs Augen.

„Ja? Und?", fragte sie vorsichtig.

„Er muss ihn genommen haben und", setzte er fort.

„Was ist mit Cornelia?", brach es aus ihr heraus.

Peter schüttelte den Kopf.

Hannah schlug sich beide Hände vor den zum stummen Schrei aufgerissenen Mund.

Ein Sturzbach von Tränen schoss ihr aus den Augen.

„Nein! Nein! Nicht Cornelia!", stammelte sie fast unhörbar. Sie sprang auf und er folgte ihr.

Er zog sie an seine Schulter und spürte, wie der Weinkrampf sie durchrüttelte. Es dauerte sicherlich eine viertel Stunde, bis sie ihn schniefend um ein Taschentuch bat.

150

„So ein Schwein! Cornelia war doch so eine liebe! Sie hat mich immer unterstützt!", schluchzte sie. Hannah schnaubte in das Taschentuch und drückte sich an ihn heran.

Er schloss seine Arme um sie und zog sie noch fester an sich heran. Dabei spürte er etwas Hartes an seiner Hüfte, wo er sonst seine Waffe trug, aber die lag noch im Waffenfach.

„Was ist das?", fragte er und tastete die Stelle ab. Es war etwas, was Hannah in der Tasche hatte.

Sie schniefte ein letztes Mal, griff in die Jackentasche und zog die verpackte Türklinke heraus.

„Du hast die Klinke geklaut?", fragte er, konnte ihr aber dafür nicht böse sein.

„Nicht geklaut! Nur für ein Experiment ausgeborgt! Kannst du mal bitte die Tür deines Büros verschließen?", entgegnete sie.

„Ja! Natürlich! Was hast du vor?", fragte er neugierig, als er sich von ihr löste und zur Tür ging.

Das Schloss schnappte zu und im Umdrehen sah er, dass sich Hannah gerade die Hose auszog.

„Geht das nicht ein bisschen weit?", fragte er.

„Nicht, was du jetzt denkst!", entgegnete sie und gab ihm den Beutel.

Hannah trat bis zur äußersten Zimmerwand von ihm zurück und sagte: „Mach die Tüte auf und rieche daran!"

Während sie sich die Nase zuhielt, kam er ihrem Wunsch nach.

„Und?", fragte sie.

„Nichts! Völlig geruchslos!", erklärte Peter ihr.

„Dann schließe die Tüte, gib sie mir und tritt bis an die Tür zurück", entgegnete Hannah.

Ein bisschen seltsam war ihr Ansinnen schon. Was hatte sie vor? Zweifelnd kam er ihrer Forderung nach. War sie jetzt völlig übergeschnappt?

Aber bis gerade eben war sie doch noch völlig normal gewesen.

Peter lehnte an der Tür und drückte diese gleichsam mit dem Rücken zu.

Hannah stand gerade, mit nacktem Unterleib, in der Mitte des Büros. Sie öffnete die Tüte, ließ ihre Nase los und hielt sich die Verpackung darunter.

Peter zuckte zusammen, denn Hannah verkrampfte sich. Die Tüte mit der Klinke entglitt ihrer Hand und polterte zu Boden. Und sie fiel hinterher.

In unkontrollierbaren Zuckungen warf sie sich am Boden hin und her. Sie stöhnte und keuchte in einem heftigen Orgasmus. Wie ein Sturzbach lief es dabei aus ihrem Schoß!

Schnell nahm er die Tüte, wickelte die Klinke ein und riss das Fenster auf.

Es dauerte ein paar Minuten, bevor Hannah mit zitternden Beinen mühsam wieder auf die Füße kam.

„Hast du mal noch ein Taschentuch?", fragte sie mit brüchiger Stimme.

Er reichte es ihr und sie wischte damit zuerst sich und danach den Fußboden sauber, dann zog sie sich die Hose wieder an.

„Deswegen wollte ich vorhin nicht dran riechen!", erklärte sie ihm.

„Was ist das?", fragte er und sah die Tüte an.

„Deshalb hat deine Kollegin gestern keine Spuren von gewaltsamen Eindringens an mir gefunden! Lege die Türklinke fünf Meter von mir entfernt auf den Tisch und mein Schoß wird binnen Sekunden feucht! Das sind Pheromone! Vermutlich sogar speziell auf mich abgestimmt. Die machen mich völlig willenlos!", sagte sie.

„So hat er das also gemacht!", entgegnete Peter.

„Trotzdem bleibt es doch ein Missbrauch! Obgleich ich mich nicht dagegen wehren konnte! Oder?", erkundigte sich Hannah bei ihm.

„Ja! Du hast recht! Aber das gerade eben schreiben wir mal noch nicht in den Bericht! Sonst will der Chef eine Vorführung! Apropos Chef! Wir müssen!", antwortete Peter.

Gemeinsam machten sie sich auf den Weg, die langen Flure entlang.

Fünf Minuten zu spät klopfte er und der Chef war berechtigterweise ziemlich sauer, hielt sich aber zurück, vermutlich wegen Hannah.

Peter erstattete seinen Bericht. Aurelia Engel wollte er allerdings erst aus der Zelle holen, wenn die Ergebnisse der Probe vorlagen.

Zuvor hatte er sich noch überlegt, auch die Frau hier hereinzuholen, aber wenn Hannah auf Frau Engel in derselben Art und Weise reagierte, wie auf die Klinke, dann würde er sie damit unfreiwillig bloßstellen. Und das wollte er nicht, denn dazu hatte er sie nun schon zu sehr in sein Herz geschlossen.

„Wir haben also vier tote Menschen, ein Entführungsopfer, zum Glück schon befreit, und eine Person, die Informationen an die Presse weitergegeben hat! Aber noch immer keine Spur!", fasste der Chef zusammen.

„Frau Müller ist eine wichtige Zeugin! Sie kann den Täter am Geruch identifizieren!", erläuterte Peter.

Zweifelnd blickte der Chef sie an.

Hannah zählte ihm detailliert alle Parfümsorten auf, die er am Körper trug und sogar das Parfüm seiner Frau, was ihn dann wohl überzeugte, denn er winkte ab, als sie weiter erzählen wollte.

„Beschützen sie Frau Müller mit ihrem Leben!", sagte der Chef noch.

Sekunden später waren sie wieder draußen.

„Er hatte auch das Parfüm der Sekretärin an sich! Sogar mehr, als das seiner Frau!", flüsterte ihm Hannah im Flur ins Ohr.

## 21. Kapitel

# Fragen über Fragen

*P*eter hatte ihr eine köstliche Tasse Kaffee gegeben und damit saß sie gerade mit dem Rücken an der Wand auf einem Hocker und beobachtete ihn bei seiner Arbeit.

Es war Ermittlungsarbeit, wie sie die immer im Krimi gesehen hatte! Traurig dachte sie dabei an ihre Freundin zurück.

Eigentlich sogar schon zwei Freundinnen, die sie verloren hatte. Cornelia und Gisela. Warum lebte sie noch? Hatte der Mann einen Fehler gemacht, weil er sie am Leben gelassen hatte?

Vielleicht! Zum Glück für sie, aber er hatte sie ja dort in seiner Gewalt gehabt. Praktisch ständig für seinen Zugriff bereit, wenn er nicht woanders zum Zuge kommen konnte!

Ihr Blick wanderte zum Fenster hinüber. Irgendwo da draußen lief ein vierfacher Mörder frei herum und suchte vielleicht gerade ein neues Opfer!

Eine Gänsehaut lief bei diesem Gedanken über ihren Rücken.

Der Mann, den Peter am Morgen mit Egon angesprochen hatte, betrat den Raum mit einem Stapel Blätter.

„Also ich weiß auch nicht!", begann er und legte die Zettel vor Peter auf den Schreibtisch.

„Nicht schon wieder der Flughund! Oder?", fragte Peter.

„Wir haben alles gründlich gereinigt, doch wir finden den Fehler nicht! Aber jetzt zu etwas anderem, zu Frau Stark!", sagte Egon.

„Frau Müller, möchten sie den Raum verlassen?", fragte Peter.

Die förmliche Anrede ließ sie zusammenzucken, aber vor seinem Kollegen konnte er wohl nicht anders. Hannah schüttelte den Kopf.

Egon begann zu erzählen: „Wir haben keinerlei Verletzungen gefunden. Es war eindeutig ein Herz- und Kreislaufversagen, aber die Auffindesituation der Leiche spricht dafür, dass sie kurz vor ihrem Tod freiwilligen und heißen Sex gehabt hatte. Das ganze Bettlaken triefte nur so!"

„Demzufolge war es also ein Unfall beim Sex?", entgegnete Peter.

Egon nickte.

„Das kann nicht sein!", mischte sich Hannah in die Unterhaltung ein.

Die beiden Männer sahen sie fragend an.

Hannah schob sich ein Stück nach vorn und erzählte: „Cornelia war topfit! Sie läuft, äh lief, jedes Jahr im Herbst einen Marathon und hat gerade trainiert! In der letzten Woche hat sie noch ein EKG machen lassen und alles war in Ordnung. Der Arzt hätte sie sicherlich nicht weitermachen lassen, wenn da was nicht gestimmt hätte. Ich habe das Attest gesehen, das sie für die Anmeldung gebraucht hat!"

„Du hast gesagt, das ganze Bett war nass?", fragte Peter und sah dabei zu der Stelle, die sie vor ein paar Minuten erst ausführlich gesäubert hatte.

„Ja!", erwiderte Egon.

„Du hast mir erzählt, dass ein Hund bei der Klinke zurückgezuckt ist. War das zufällig eine Hündin?", erkundigte sich Peter daraufhin bei Egon.

„Ich muss mal fragen?", entgegnete Egon, wählte am Telefon, fragte nach und sagte schließlich: „Ja! Wie kommst du darauf?"

„War nur so eine Idee! Wenn du die Proben richtig hast, dann melde dich bei mir!", sagte Peter.

Egon eilte davon und Peter sah zu der etwas helleren Stelle auf dem Fußboden.

„Was denkst du?", fragte Hannah.

„Jetzt muss ich mal ein Experiment machen. Komm mal her!", bat Peter.

Was hatte er vor? Zögerlich schob sich Hannah näher.

„Ich verschließe dir mal kurz die Nasenlöcher mit Wachs, dann gehen wir etwas prüfen!", äußerte Peter.

Das Gefühl der verschlossenen Nase war unangenehm und Hannah zuckte kurz zurück, als er ihr den offenen Beutel vors Gesicht hielt, aber das Wachs verschloss das Geruchsorgan zum Glück vor der Wirkung der Pheromone.

Mit der verschlossenen Tüte gingen sie nach unten, wo im Labor der Stuhl stand, auf dem die Frau am Tage zuvor den Abstrich genommen hatte.

„Hallo Sarah. Wir brauchen noch mal deine Hilfe!", sagte Peter beim Betreten des Raumes.

Er schloss die Tür und die junge Frau kam auf sie zu.

„Der wird doch jetzt nicht etwa?", fragte sich Hannah in Gedanken, als Peter sagte: „Kannst du mal bitte von dieser Türklinke die Fingerabdrücke nehmen?"

Das Metallstück rutschte aus der Tüte auf den Tisch direkt vor Sarahs Nase.

Im selben Moment brach die Frau direkt vor ihnen zusammen und rollte sich stöhnend am Boden.

Augenblicklich verpackte Peter die Klinke und riss das Fenster auf.

Es dauerte eine Weile, bis sich Sarah mit völlig zerzausten Haaren und zitternden Knien wieder vom Boden erheben konnte.

„Oh mein Gott! Das tut mir so leid! Ich weiß gar nicht, wie das passieren konnte!“, stammelte die Frau und entschuldigte sich noch ein paar Mal.

„Verwahren sie die Klinke bitte gut! Das ist ein wichtiges Beweismittel!“, erklärte Peter und ging.

Hannah schloss sich ihm an.

„Das war so fies!“, flüsterte Hannah und setzte hinzu: „Die arme Sarah!“

„Nicht viele haben bei der Arbeit einen Orgasmus! Aber ich hätte auch die Sekretärin fragen können!“, entgegnete Peter.

„Das hätte dein Chef nicht überlebt!“, antwortete Hannah und musste schmunzeln.

„Also, ich glaube, die beiden Frauen, deine Freundinnen, sind an einer völligen Überlastung ihres Kreislaufes wegen dieser Pheromone gestorben!“, erläuterte Peter ihr jetzt auf dem Weg.

„Cornelia war topfit und ich bin gegen sie eine sportliche Niete! Ich jogge gelegentlich mal, Cornelia ist jeden Morgen 15 km gerannt. Wir hatten beide mit ihm Sex, also warum lebe ich dann noch?“

„Das ist die Frage!", sagte Peter und blickte sie an.

Sie erreichten zeitgleich mit Egon das Büro.

„Also! Zweimal weiblicher Flughund und einmal Frau! Dreimal geprüft!", äußerte Egon, als er wieder die Dokumente auf den Tisch legte.

„Wer ist wer?", fragte Peter.

„Flughund sind Frau Engel und die Täterin. Die Frau ist Frau Müller!", erläuterte Egon und zeigte auf die Zettel vor sich.

„Von der Täterin habt ihr doch nur eine Spermaprobe!", entgegnete Peter.

„Trotzdem! Weiblich und ein Teil Flughund!", erklärte Egon und kratzte sich am Kopf.

„Stimmt das mit der Probe von Frau Engel überein?", erkundigte sich Peter.

„Das kann ich dir nicht sagen, wegen der Verunreinigung!", seufzte Egon.

„Könnt ihr die nicht rausrechnen?", fragte Hannah vom Stuhl aus.

„Warum ist mir das nicht eingefallen? Bin gleich zurück!", rief Egon und rannte aus dem Büro.

Zehn Minuten später kam er freudestrahlend zurück und legte zwei Blätter auf den Tisch.

„Also! Die Täterin und Frau Engel sind Cousinen! Sie haben dieselbe Großmutter. Ihre Mütter waren Schwestern!", bemerkte Egon.

„Eine Spermaprobe von einer Frau?", fragte Peter.

„Fragen über Fragen!", entgegnete Egon und kratzte sich erneut am Kopf.

„Na fein. Ich danke dir!", erwiderte Peter.

Egon verschwand wieder und Peter sah sie fragend an.

„Eigentlich wollte ich dich jetzt Frau Engel gegenüber stellen, aber wenn dir dabei wieder sowas passiert!", begann Peter und zeigte dabei auf den Fleck am Boden.

„Moment! Fritz!", rief er und eine Minute später erschien der Mann. „Gestern Abend! Die Leibesvisitation bei Frau Engel. Warst du dabei?", fragte Peter.

„Nein! Bei einer Frau! Eine Polizistin hat die gemacht. Das Protokoll liegt bei!", sagte Fritz.

„Und was hatte ich dir gesagt? Du solltest dabei bleiben! Ist dir danach an der Polizistin etwas aufgefallen?"

„Nein!", entgegnete Fritz einen Moment später.

„Wer hat die DNA-Probe entnommen? Du?", erkundigte sich Peter.

„Nein! Sarah! Ich war dabei!", antwortete der Assistent.

„OK! Danke dir!", sagte Peter und schickte den Mann wieder aus dem Raum.

„Wir können also ungefährdet zu Frau Engel gehen. Dabei wird dir nichts passierten! Wir können nur hoffen, dass Frau Engel in ihrer Familiengeschichte Bescheid weiß und alle ihre Tanten kennt. Bei meinem Glück ist sie im Waisenhaus aufgewachsen!", sagte Peter und es klang nicht sehr zuversichtlich.

Aber sie hatten jetzt offensichtlich eine Spur!

## 22. Kapitel

# Cousin und Cousine?

Entspannt saß Aurelia in dem Vernehmungszimmer, in das sie einer der Polizisten gerade geführt hatte. Der uniformierte Mann stand noch vor ihr, neben der Tür und hatte sie im Blick.

Natürlich war es ein Fehler gewesen, die Akte zu lesen und ein noch größerer war es gewesen, den brisanten Inhalt an den Kollegen der Lokalredaktion weiterzugeben, aber das war nun mal nicht mehr rückgängig zu machen.

Aurelia vermochte vieles, aber ein gesagtes Wort wieder zurückzunehmen und damit die Sache ungeschehen zu machen, das lag außerhalb ihrer Macht.

Jedenfalls war ihre Laune an diesem Morgen außerordentlich gut. Sie hatte hervorragen und vor allem traumlos geschlafen, die Zelle war immer noch intakt gewesen und nirgendwo waren die Spuren eines Ausbruchsversuches des Werwolfes zu erkennen gewesen.

Daria war in Sicherheit und die Kinder auch.

Das Frühstück war zugegebenermaßen gewöhnungsbedürftig und miserabel gewesen, aber wer in der Gefängniszelle saß, der konnte eben kein Lachsbrötchen haben.

Die düsteren Gedanken des Abends zuvor waren fort und mit jedem Tag wurde der Mond ein Stück kleiner. Damit schwand dann auch ihre Angst davor, mondsüchtig durch die Gegend zu laufen und irgendwelchen fremden Menschen die Köpfe abzureißen.

Mit galant übereinander geschlagenen Beinen wartete sie nun auf das, was jetzt kam.

Sicherlich würde der Kommissar die Probe auswerten und darauf war sie besonders gespannt, denn wenn diese nicht mit der des Täters übereinstimmte, dann war sie unschuldig.

Es dauerte unnatürlich lang, bis sich endlich die Tür öffnete und der Kommissar den Raum betrat. Ihm folgte eine Frau im Trainingsanzug und der andere Polizist ging.

„Also Kommissar Sommermäusel? Was hat meine DNA-Probe ergeben?", fragte Aurelia.

„Wo sie mich gerade danach fragen. Beide Proben, also ihre und die des Täters, waren nicht identisch, sich aber sehr ähnlich. Gibt es in ihrer Familie Angehörige, die kopfunter vom Baum hängen?", entgegnete der Kommissar.

„Nicht, dass ich es wüsste. Wieso?", fragte Aurelia zurück.

„In ihrer Probe ist der genetische Fingerabdruck eines Flughundes mit drin!", erklärte er ihr.

„Vielleicht ist ja meine Mutter mal von einem gebissen worden?", erkundigte sie sich.

„Vermutlich war es wohl eher ihre Großmutter, denn sie und der Täter haben dieselbe Verunreinigung in der Probe!", erläuterte er.

Der Kommissar legte die beiden Zettel auf den Tisch, aber er hätte ihr auch einen Stadtplan von London oder das Telefonbuch von Berlin hinlegen können und sie hätte daraus dieselben Informationen gezogen.

Er zeigte auf etwas mit dem Stift und sagte dann: „Sie und der Täter, sie sind Cousinen!"

„Ähm? Cousin und Cousine?", erwiderte Aurelia.

„Nein! Cousinen. Die Spermaprobe des Täters stammt von einer Frau! Sie sind über ihre Großmutter mütterlicherseits miteinander verwandt", erklärte der Mann.

„Fein! Aber ich kenne meine Großmutter nicht!", sagte Aurelia grübelnd.

„Und ihre Tante? Oder haben sie mehrere?", wollte der Kommissar jetzt von ihr wissen.

„Meine Mutter hat nichts dergleichen erwähnt. Oder doch. Irgendeine Eva war da wohl, aber die war mit meiner Mutter zerstritten. Ich könnte sie höchstens mal fragen, wenn ich hier wieder raus bin. Mama ist schwer zu erreichen!", erzählte sie.

Ein Mann betrat den Raum und flüsterte dem Kommissar etwas ins Ohr. Der Kommissar nickte und der Mann ging wieder.

„Kennen sie einen Siggi Unterberger?", erkundigte sich nun der Kommissar bei ihr.

„Ja. Der arbeitet bei unserer Zeitung. Er ist der Gehilfe unseres Hausmeisters, aber wirklich arbeiten habe ich den noch nie gesehen. Was ist mit ihm?", fragte Aurelia.

„Er wird wohl nicht mehr auf die Arbeit kommen, da er ein ziemlich abruptes Ende gefunden hat. Heute Morgen!", entgegnete der Kommissar.

„Da war ich in meiner Zelle. Damit wäre ich da schon mal raus aus der Verdächtigung. Ich will ja über Tote nichts Schlechtes reden, aber Siggi war einfach nur ein Macho! Er hatte seinen Schwanz vermutlich in jeder Frau in unsere Firma und da gab es viele!", berichtete Aurelia.

„Und sie? Hatten sie auch was mit ihm?"

„Vor ein paar Jahren mal bei einer Weihnachtsfeier, aber ich habe eine Partnerin und er konnte nicht akzeptieren, dass es eben Frauen gibt, die Frauen lieben. Ich musste ihn ziemlich drastisch meine Meinung sagen!", antwortete Aurelia.

„Wie drastisch?", befragte sie daraufhin der Mann.

Aurelia griff sich die leere Limonadendose, welche die Frau mitgebracht hatte, vom Tisch und quetschte diese in einer Hand zusammen.

167

„Er war danach zwei Tage im Krankenhaus in der Urologie. Sie verstehen mich?", setzte sie noch hinzu.

„Autsch!", stieß der Kommissar aus und sah sich die verbeulte Dose an, bevor er sie in den Papierkorb warf.

„Wo ist denn ihre Partnerin im Moment?", erfragte er jetzt.

„Sie und unsere Kinder sind auf den Malediven. Ich wollte sie in Sicherheit wissen, denn es gab da zu viele Opfer rund um mich herum. Sie verstehen mich, Herr Kommissar?"

„Natürlich. Sind die Kinder eigentlich ihre Kinder? Oder sind die adoptiert? Ich meine, sie und ihre Freundin, geht das überhaupt? Oder hatten sie da einen Samenspender?"

„Es sind unsere eigenen, aber ich weiß im Moment nicht, worauf sie dabei hinauswollen?", entgegnete Aurelia.

„Es mag jetzt etwas komisch klingen, aber ich würde sie um eine Spermaprobe bitten!", konterte er und stellte dabei einen Becher auf den Tisch.

Unschlüssig drehte Aurelia den Becher in der Hand. Schließlich fragte sie: „Wozu? Sie haben meine DNA doch bereits!"

„Es gibt Fälle, in denen Menschen zwei verschiedene Erbgutsequenzen haben. Eine im Blut und eine im Speichel!", erläuterte er ihr sein Ansinnen.

„Und wenn dieser Test dann auch negativ ausfällt, dann kann ich nach Hause?", entgegnete sie unschlüssig.

„Ja! Versprochen!", gab ihr der Mann zurück.

„Wo soll ich damit hin? Hier etwa? Vor ihnen?"

„Wenn es ihnen nichts ausmacht!", wies der Mann sie an.

Aurelia seufzte: „Na, wenn es unbedingt sein muss!"

Sie drehte sich von den beiden fort, stellte sich vor, einen Penis zu haben und schob sich die Trainingshose im Sitzen ein Stück herunter.

Dabei spürte sie die Blicke der beiden in ihrem Rücken. „Das geht nicht, wenn sie mich so anstarren!", erklärte sie.

„Wir könnten uns ja auch wegdrehen?", sagte der Mann hinter ihr.

„Ja! Oder gehen! Ich rufe dann, wenn ich fertig bin!"

„Nein. Wir bleiben!", beharrte er auf seiner Meinung.

„Mein Gott!", stöhnte Aurelia, schloss die Augen und stellte sich Daria vor, während sie an sich selbst rieb.

Es dauerte eine Weile, bis sie spürte, dass es gleich so weit sein würde. Schnell öffnete sie die

Augen, füllte den Becher und zog sich die Hose wieder hoch.

„Fertig!", sagte sie, drehte sich um, stellte das Gefäß auf den Tisch und sah das fragende Gesicht der Frau.

„Das ist so eine anatomische Anomalie! Aber ich bin eine vollständige Frau. Zwei unserer Kinder habe ich selbst ausgetragen", erklärte sie ihr jetzt.

„Darf ich mal sehen?", fragte die Frau.

„Zcigst du mir deinen, zeig ich dir meinen!", scherzte Aurelia, war aber noch nicht dazu bereit, die Hose herunterzulassen.

„Es gab doch gestern Abend eine Leibesvisitation und im Protokoll ist nichts von solch einer Abnormität vermerkt. Dabei habe ich doch ausdrücklich nach so etwas suchen lassen", sagte der Kommissar und blätterte in der Akte herum.

„Er ist winzig. Nicht mal so groß, wie ihr kleiner Finger. Aber voll funktionsfähig. Die Hoden liegen im Körper, die kann man nur per Ultraschall sehen", erläuterte Aurelia ihm die Sache.

„Runter mit der Hose!", fuhr der Kommissar sie barsch an.

„Nicht in diesem Ton! Sonst!", stieß Aurelia aus und zeigte dabei auf den Eimer mit der zerdrückten Dose.

„Bitte!", sagte die Frau neben dem Kommissar.

„Na fein! Wenn ich so lieb gebeten werde!", seufzte Aurelia und kam der Bitte nach.

## 23. Kapitel

# Mann oder Frau?

ᕼannah starrte auf den nackten Unterleib der Frau vor ihr, bis sie bemerkte, wie verletzend das wohl für Frau Engel sein musste. Da bedurfte es jetzt einer Erklärung, denn die Frau konnte ja nicht wissen, was ihr da im Keller passiert war.

Allerdings war dieser Penis wirklich winzig und konnte schon übersehen werden, wenn man nicht wusste, wonach man suchen sollte.

„Ich kann das Ding auch noch ein Stück größer machen, damit ihr beide was sehen könnt!", sagte die Frau schnippisch.

„Nein danke", entgegnete Hannah und setzte hinzu: „Das Glied, was da im Keller in mich eingedrungen war, das war deutlich größer. Es hat mich völlig ausgefüllt, das da hätte ich wohl kaum gespürt!"

„Danke für die Blumen! Darf ich die Hose wieder hochziehen?", fragte Aurelia.

„Ja, machen sie!", antwortete Peter.

Er griff zu seinem Telefon und während er telefonierte, berichtete Hannah: „Ich war im Keller! Er hat mich dort mit Drogen gefügig gemacht und sich dann genommen, was er wollte!"

„Sie waren dort? Haben sie ihn gesehen?", fragte Frau Engel, als sie sich wieder gesetzt hatte.

„Nein! Es war immer dunkel um mich herum. Trotzdem konnte er alles sehen!", erklärte Hannah.

„Oder sie!", setzte Peter hinzu, der sein Telefon auf den Tisch gelegt hatte.

„Nein! Es war ein Mann! Ich hätte die Brüste auf meiner Haut gespürt, denn wir waren beide nackt. Und Frau Engel hat trotz dieses Dinges immer noch Brüste!", antwortete Hannah.

„Soll ich die zum Beweis auch zeigen?", fragte Frau Engel trotzig und griff sich zum Reißverschluss.

„Nein! Die sehe ich auch so!", stellte Peter fest.

„Sicher? Das könnten nun auch Attrappen sein!", erklärte Frau Engel. Sie lehnte sich zurück, schlug die Beine übereinander und öffnete den Reißverschluss der Jacke, damit sie beide sehen konnten, dass die Brüste wirklich echt waren.

„Wollen sie mal anfassen?", fragte sie, als sie den Verschluss nach oben zog.

Peter schüttelte den Kopf.

„Die hätte ich ganz sicher gespürt. Er hatte eine Brust, so wie du!", sagte Hannah und blickte Peter an.

Egon erschien im Raum, nahm den Becher und Peter flüsterte ihm etwas in sein Ohr.

Egon nickte und ging.

„Falls dann erwiesen ist, dass ich es nicht war, darf ich dann gehen? Oder?", fragte Frau Engel.

„Sofern sie mir versprechen, dass von dem, was sie heute hier erfahren haben, morgen nichts im Tagesblatt steht!", sagte Peter.

„Versprochen! Ich werde den Teufel tun, und dort erzählen, dass ich mit einer Fledermaus verwandt bin!", erklärte sie.

„Flughund!", entgegnete Peter.

„Das macht die Sache auch nicht besser! Noch mal zu ihnen, Frau Müller", erwiderte die Frau.

„Sagen sie doch einfach Hannah!"

„Danke, mache ich Hannah. Ich bin Aurelia!"

„Danke sehr! Was wollten sie fragen?"

„Sie waren dort? Mit ihm? Oder ihr?", erkundigte sich Aurelia.

„Ja! Drei Tage lang im Keller!", antwortete Hannah.

„Ich frage jetzt lieber nicht, wie es war, sondern nur, ob sie etwas besonders gespürt oder gefühlt haben?", begann Aurelia.

„Nein, nichts besonders. Aber der Duft war sehr markant. Den würde ich sicherlich unter tausenden sofort wiedererkennen!", antwortete Hannah.

„OK. Ich kann also nur meine Mutter mal fragen, ob meine Tante auch Töchter hatte! Falls ich es nicht war!", sagte sie noch und blickte vor sich hin.

Eine Weile später erkundigte sich Aurelia: „Wo ist denn eigentlich mein Hund? Den haben sie doch hoffentlich nicht im Tierheim abgegeben. Meine Töchter würden mich sonst in der Luft zerreißen!"

„Nein. Mein Assistent hat ihn mit nach Hause genommen. Seine Kinder passen auf ihn auf", antwortete Peter.

Egon betrat den Raum und hatte ein Päckchen in der Hand, welches verdächtig nach in Folientüte eingepackter Türklinke aussah.

„Einen letzten Test habe ich noch", sagte Peter.

Hannah sprang von ihrem Platz am Tisch auf.

„Ich muss mal!", rief sie aus und rannte aus dem Raum.

Die Klinke fiel hinter ihr auf den Tisch und die Duftwolke traf sie im Rücken.

„Luft anhalten und raus!", war ihr letzter klarer Gedanke, dann kniete sie im Gang und japste nach Luft.

Zum Glück hatte sie wohl im Reflex die Tür mit dem Fuß zugeschlagen.

„Der spinnt doch!", fuhr es ihr durch den Kopf.

Hannah erhob sich und durch den halbdurchlässigen Spiegel sah sie, wie Aurelia ruhig am Tisch saß und die Türklinke in der Hand hatte.

Offensichtlich war sie immun gegen den Geruch.

„Da gehe ich erst wieder rein, wenn da gelüftet worden ist!", dachte sie trotzig und wartete vor der Tür auf Peter.

Der konnte was erleben!

Es war nur ein kurzer Moment gewesen und dennoch hatte der beginnende Orgasmus sie aus der Bahn geworfen. Noch immer war ihr innerstes nicht zur Ruhe gekommen.

Gegen die Wand gestützt fragte sie sich, warum er ihr nicht die Zeit gegeben hatte, langsam aus dem Raum zu gehen? Sie hatte ihm doch gezeigt, wie sie auf diesen Geruch reagiert hatte!

Männer!

Egon wickelte die Klinke ein und kam zur Tür.

Hannah hielt die Luft an und Egon blieb, die offene Tür in der Hand haltend, mit dem Beutel direkt vor ihr stehen.

„Verdammter Mist!", war ihr letzter Gedanke, als sie Luft holen musste.

Die Duftwolke schlug ihr ins Gesicht und drang durch ihre Nase direkt in ihr Gehirn. Die Sterne fielen auf sie herab, die Knie wurden weich und sie brach stöhnend in sich zusammenbrach.

Als sie die Augen wieder aufschlug, kniete Aurelia neben ihr.

„Ich habe mir schon Sorgen gemacht", sagte Aurelia.

Peter und Egon standen ein paar Meter entfernt und redeten miteinander. Ihre Nase sagte aber, dass die Klinke fort war.

„Dem kratze ich die Augen aus!", sagte Hannah mit brüchiger Stimme. Es brannte in ihrem Hals.

„Was war denn los?", erkundigte sich Aurelia.

„Diese Klinke. Da ist dieser Geruch noch dran. Von ihr, oder ihm. Das reißt mir immer noch die Füße weg!", erklärte Hannah.

Aurelia half ihr auf.

Mit wackeligen Knien stand Hannah im Gang und Peter sah so zu ihr, als könne er kein Wässerchen trüben.

„Du magst ihn? Ich kann es in deinem Blick sehen!", sagte Aurelia.

„Im Moment wohl eher nicht!", seufzte Hannah.

„Doch! Das tust du. Du bist ihm schon verfallen. Ich freue mich für dich!", sagte Aurelia und umarmte sie.

Waren sie sich vor ein paar Minuten eigentlich noch völlig fremd gewesen, obwohl sie mit Daria eine gemeinsame Freundin hatten, so war da offenbar gerade eine Art von freundschaftlicher Basis entstanden.

Hannah hätte nie gedacht, dass es so offensichtlich war, was in ihrem Herzen geschehen war und was sie für Peter fühlte.

Ein Polizist brachte Aurelia zurück zu ihrer Zelle und Peter kam auf sie zu.

„Du Mistkerl!", flüsterte sie ihm zu, konnte ihm aber schon nicht mehr dafür böse sein, was er gerade eben getan hatte.

Das musste wohl die Liebe sein, von der Aurelia gesprochen hatte.

Gemeinsam gingen sie zu seinem Büro, dort verschloss sie die Bürotür und drückte Peter gegen die Wand.

„Strafe muss sein! Und sei froh, dass ich nicht die Kraft von Aurelia habe!", sagte sie, als sie ihn küsste und die Hand in seine Hose schob.

Einen Moment später drückte sie zu, bis Peter aufstöhnte. Doch der Kuss war einfach nur der Himmel auf Erden.

„Dafür hast du heute Abend einen gut!", sagte Peter.

„Zwei! Mindestens!", antwortete Hannah ihm und ließ los.

## 24. Kapitel
# Die leidige Verwandtschaft

*B*is zum Abend hatte Aurelia in ihrer Zelle auf das Ergebnis des zweiten Testes gewartet und jetzt war abzusehen, dass sie eine weitere Nacht in diesem versperrten Raum verbringen würde.

Allerdings hatte sie jetzt ein paar Informationen mehr, mit denen sie schon einmal bei Lilith vorfühlen konnte, denn die Verwandtschaftsverhältnisse der Engel waren kompliziert und anscheinend unübersichtlich.

Grübelnd blickte sie vor sich hin und zermarterte sich das Hirn, denn wenn Lilith ihre Mutter war, wo kam dann die Großmutter her? Das konnte nur bedeuten, dass Gott eine Frau war und sowohl Lilith, als auch Eva, aus sich heraus geboren hatte.

Und wenn dem wirklich so war, so würde praktisch jeder Mensch ein Cousin oder eine Cousine von Aurelia sein.

Zumindest die Menschen der ersten Generation, denn dieses seltsame Fledermaus-Gen würde ja mit jeder Generation aus der Sequenz Stück für Stück verschwinden.

Jedenfalls hatte ihr Daria das mal so erklärt, als sie gemeinsam einen Film über Charles Darwin gesehen hatten.

Gab es überhaupt noch Menschen, aus dieser Generation? Die mussten doch dann ebenfalls so alt sein, wie sie selbst. Methusalem ließ grüßen.

Damit kam auch schon die nächste Frage: hatte ein solch alter Mensch dann noch die Kraft, einem jungen Menschen wie Luc Detrox das Genick zu brechen?

Fragen über Fragen und nur Lilith konnte sie ihr beantworten.

Allerdings musste sie damit warten, bis im Gang vor ihrer Gefängniszelle endlich Ruhe eingekehrt war.

Zwar konnte niemand außer ihr Lilith sehen, aber es würde sicher komisch aussehen, wenn sie mit jemandem unsichtbaren sprach, dann wäre die nächste Station ihres irdischen Aufenthalts ganz sicher die geschlossene Abteilung der Psychiatrie, selbst wenn sie wegen der Verbrechen eigentlich unschuldig war.

Das Abendessen kam, war aber genauso lausig, wie das Frühstück.

Möglicherweise konnte die Mutter ihr später noch etwas Genießbares in diesen Raum schmuggeln.

Auf der Pritsche liegend, die Hände wieder hinter dem Kopf verschränkt, dachte sie an diesen verrückten Tag zurück.

Ihre Gedanken gingen zu den Schilderungen von Hannah und an deren Leiden in diesem dunklen Loch.

Bevor Lilith erscheinen würde, musste sie sich alles erneut in die Erinnerung zurückrufen. Wenigstens das, wonach sie die Mutter befragen wollte.

Ein bisschen komisch war das alles schon.

Falls allerdings die zweite Probe das Ergebnis der ersten bestätigen würde, dann wäre zumindest bewiesen, dass sie nichts mit den Morden zu tun hatte.

Und beim Tod von Siggi hatte sie ja nachgewiesenermaßen fest geschlafen. Oder hatte sie im Traum diese Zelle per Gedankenkraft verlassen und war nach der Tat genauso wieder zurück auf diese Pritsche gelangt?

Der Engel seufzte und sah zur Zimmerdecke.

Sollte sie wirklich Lilith schon befragen, wenn noch nicht mal das einfachste geklärt war?

Ihre Gedanken gingen nun zu Siggi und sie stellte sich den Mann vor, wie sie ihn noch vor ein paar Tagen gesehen hatte.

Die roten Haare verstrubbelt, mit Sommersprossen auf der Nase, war er aus dem Kopierraum aufgetaucht, aus dem ein paar Minuten später auch eine Praktikantin gekommen war.

Vermutlich hatte er ihr bei irgendetwas helfen müssen. Oder sie ihm, aber so ein Ende hatte er wirklich nicht verdient. Einen Denkzettel schon, den Tod allerdings definitiv nicht.

Das Deckenlicht erlosch.

Schlafenszeit für alle Gefangenen. Die Frage nach den Verwandten brannte jetzt auf ihren Nägeln und würde sie sicherlich nicht schlafen lassen. Also doch Lilith!

„Lilith! Kannst du bitte zu mir kommen? Ich habe ein paar Fragen!", flüsterte sie, aber die Dämonin hatte es sicherlich dennoch gehört.

Freilich dauerte es ein paar Minuten, bevor die Dämonin erschien und sich im Dunklen auf die Kante der Pritsche setzte.

„Was möchtest du? Wieder ein Schlaflied?", fragte sie.

„Das wäre toll! Aber erst später. Ich habe ein paar Informationen erhalten, die nur du mir erklären kannst!", antwortete Aurelia.

„Ich bin ganz Ohr!"

„Der Kommissar hat festgestellt, dass die Täterin eine Cousine von mir sein muss. Zusätzlich auch noch, dass ich zu einem Teil eine Fledermaus bin! Kannst du mir das erklären? Hast du eine Schwester, die auch eine Tochter hat?", erkundigte sich Aurelia bei der Dämonin.

„Zuerst einmal zu der Fledermaus: Im Paradies hat mich so ein verrücktes Vieh in die Hand gebissen! Daher kann das vielleicht kommen. Zu deiner zweiten Frage: Ich bin nicht wirklich deine Mutter, sondern eigentlich deine Großmutter. Du weißt ja noch, dass ich dir erzählt habe, dass sie mir meine Tochter weggenommen hatten. Das war Aschkura und sie ist deine Mutter. Sie war fruchtbar und hat im Laufe der Jahrtausende sicherlich ein paar hundert Töchter und Söhne gehabt", erklärte Lilith.

„Ach du Schreck! Soll ich da jetzt jeden davon aufsuchen, bis einer fehlt?", stieß Aurelia bestürzt aus.

„Nein! Das wären ja deine Brüder und Schwestern. Ich habe eine zweite Tochter mit Luzifer zusammen. Tiziana, du kennst sie doch. Oder?", fragte Lilith.

„Ja! Also müsste es eine Tochter von Tiziana sein? Eine Dämonin? Das würde zumindest dazu passen, dass sie nur im Dunklen tötet und handelt!", entgegnete Aurelia.

„Würde passen! Aber das Problem ist, dass Tiziana nur Jungs gehabt hat. Ich war öfters bei ihr und sie hätte mir sicher stolz von einer Tochter erzählt!", seufzte die Dämonin.

„Wer könnte es denn dann sein? Ich nehme mal nicht an, dass dir eine Schwangerschaft mit anschließender Geburt entgangen ist. Oder?", erkundigte sich Aurelia.

„Nein! Ich kann mich an alle zehn Schwangerschaften erinnern!", setzte ihr die Dämonin entgegen.

„Zehn? Du hast gerade von zweien gesprochen?"

„Zwei Mädchen und acht Jungen!", entgegnete die Dämonin.

„Ach so! Mist! Und von einem Jungen kann es ja nicht sein. Oder?", stöhnte Aurelia auf.

„Nur dann, wenn Männer schwanger werden könnten!", bestätigte Lilith und grübelte nach.

„Es muss doch aber eine einleuchtende Antwort geben! Dieses Gerät hat sich sicherlich nicht geirrt, denn das mit der Fledermaus hat doch auch gestimmt!", bemerkte Aurelia und schaute zum Mond hinaus.

„Ich soll dich übrigens von Daria grüßen. Sie hat sich schon gewundert, warum bei dir immer nur der Anrufbeantworter rangeht."

„Mein Telefon liegt ausgeschaltet da draußen irgendwo. Wie geht es denn meinen Kindern? Haben sie Spaß im Meer?", fragte Aurelia.

„Ja! Sie vermissen dich und Paulchen!", antwortete Lilith.

Ein Gedanke blitzte in Aurelias Kopf auf.

„Moment mal! Ich habe vier Kinder! Zwei davon habe ich als Mann gezeugt! Könnte es da nicht sein, dass ein Mann auch ein Kind empfangen könnte?", erkundigte sich Aurelia.

Lilith sprang von der Pritsche.

„Du meinst, einer meiner Söhne hat eine Tochter?", fragte sie.

„Das wäre die einzige logische Erklärung!", bestätigte Aurelia ihr.

„Ich mache mich sofort auf den Weg!", äußerte die Dämonin.

„Und was ist mit meinem Schlaflied?", hielt Aurelia sie zurück.

„Schlaf meine Tochter!", sagte Lilith nur leise, strich ihr über die Wange und Aurelia versank sofort im Land der Träume.

## 25. Kapitel
# Auf den Schwingen der Liebe

*P*eter hatte sich am Abend noch einmal in aller Form bei ihr für seine Unachtsamkeit entschuldigt und Hannah hatte ihm einfach verzeihen müssen. Das hatte sie ja praktisch schon in seinem Büro.

Sein Assistent hatte ihr aus ihrer Wohnung eine Tasche mit verschiedenen Sachen gebracht und obwohl sie ihm am Morgen eigentlich genau gesagt hatte, wo er was finden konnte, hatte der Mann ihr ein Sammelsurium von Kleidungsstücken mitgebracht, von denen sie sich bei einigen davon fragte, ob er wirklich in ihrer Wohnung gewesen war, oder einen Altkleidercontainer geplündert hatte.

Die einzigen Dinge, von denen sie mit Sicherheit sagen konnte, dass sie aus ihrem Schrank stammten, hatte sie nicht auf der Liste gehabt: Drei Nachthemden, die sie im Moment mit Peter zusammen nicht wirklich brauchte.

Die Bezeichnung „Depp", die Peter am Tage zuvor für ihn benutzt hatte, war offenbar durchaus berechtigt gewesen.

Soeben hatte der neue Tag begonnen, Hannah saß mit einem Kräutertee sowie einem frisch aufgebackenen Croissant mit Erdbeermarmelade am

Küchentisch und sah Peter zu, der gerade den Geschirrspüler bestückte.

Sie spürte dabei selbst, wie sich ein fröhliches Lächeln auf ihr Gesicht legte. Es schien ein Strahlen vor Glück zu sein, was sie vollkommen überrollte und einhüllte.

Dieser Mann war einfach eine Wucht.

Er hatte ihr am Abend wirklich zwei Höhepunkte Vorsprung gegeben, obwohl es wohl kaum Sinn ergeben würde, die vielen zu zählen, die sie in den letzten beiden Nächten gehabt hatte.

Und das ohne Pheromone!

Nie hätte sie das geglaubt, wenn es ihr jemand nur eine Woche zuvor in dieser Form beschrieben hätte.

Jetzt konnte sie es Live erleben. Diese Macht der Liebe, von der immer alle um sie herum erzählt hatten, hatte sie eingehüllt, wie ein warmer Mantel im Winter. Schön war es! Sehr schön.

Versonnen dachte sie an den Abend zurück. Nach dem gemeinsamen Duschen hatte er sie sanft zum ersten Orgasmus geleckt, obwohl sie das noch nie gemocht hatte. Dennoch hatte es kaum fünf Minuten gedauert, da hatte er sie bis zu dem Punkt getrieben, an dem es kein Zurück mehr gab.

Seine streichelnden Fingerspitzen, seine fordernde Zunge und das Knabbern an ihrer Vulva hatten sie über die Klippe gestürzt.

Schön war es gewesen! Und mehr als explosiv! Sicherlich waren die Nachbarn dabei neidisch geworden.

Die Hannah von heute schaute gerade auf die von vor einer Woche zurück.

Die alte Hannah war kalt und schnippisch. Für einen Job hätte sie alles getan. Sie war ein Nachtmensch gewesen und selten vor drei Uhr in der Früh in ihr Bett gekommen.

Ein Morgenmuffel, der kaum vor dem Mittag aus den Federn kam. Und wenn doch, dann nur, um irgendwo für ein paar Fotos zu posieren.

Und die neue Hannah?

Sie war ins Bett gegangen, da war es vor dem Fenster noch nicht mal dunkel gewesen. Peter hatte sie um halb sechs Uhr in der Früh geweckt und sie hatten den Tag mit einer Runde ausgelassenen Morgensex begonnen.

Zu einer Zeit, wo ihr früheres Ich noch nicht mal die Augen aufbekommen hätte.

Sie hatte gemerkt, dass sie am Morgen viel empfindlicher auf Peters Berührungen und Reize reagieren konnte.

Damals hätte sie immer erst auf alles geachtet, bevor sie mit jemanden ins Bett gegangen wäre, hätte sich die Haare kurz zurechtgemacht und vielleicht noch einmal kontrolliert, ob das Parfüm noch zum Anlass passte.

Die neue Hannah hatte sich fast nicht im Spiegel erkannt, als sie mit Peter nackt ins Bad gelaufen war, verschwitzt und mit völlig zerzausten Haaren.

Er fand sie in ihrer Natürlichkeit am schönsten und hatte sie, trotz Nachtgeruch und ungenutzter Zähne geliebt. Ekstatisch und explosiv.

Hannah fühlte die Liebe in sich, die sie für diesen Mann empfand. Es war wirklich wunderschön, diese Schmetterlinge zu spüren.

Am Tisch sitzend, nichts weiter an, als sein schlabbriges T-Shirt und einen Slip, schüttelte sie fast den Kopf über die, die sie selbst noch vor wenigen Tagen war.

Nie hätte sie sich damals so irgendjemanden gezeigt. Das war es wohl, was man das auf den Flügeln der Liebe gleiten nannte, alles war egal, wenn nur der geliebte Mensch da war.

Peter kam zu ihr herüber und küsste sie.

Mit dem Blick auf das, was sie am Tage, nach der Auffassung des Assistenten, tragen sollte, überlegte sie, was noch zu tun war.

„Kannst du mich heute ab dem Mittag begleiten? Ich habe noch einiges zu erledigen. Er, oder sie, hat ja meine Handtasche und da muss ich noch zum Bürgeramt, wegen eines Ausweises, zur Bank, für eine neue EC-Karte, und auch noch Schoppen", begann Hannah.

Sie stand von ihrem Stuhl auf, trat zur Fensterbank und hob das herausgesuchte Kleidungsstück an.

„Draußen sind heute Mittag sicher wieder 26 Grad im Schatten und dein Depp erwartet von mir, dass ich einen Rollkragenpulli trage!", sagte sie.

„Ja! Er ist schon manchmal etwas seltsam!", bestätigte Peter und musste lachen.

„Ich hatte ihm ausdrücklich gesagt, mir nur Sachen aus dem linken Schrank im Schlafzimmer zu bringen! Und was bringt er mir? Nicht mal einen BH!", seufzte Hannah.

„Den brauchst du nicht, die stehen doch auch so!", entgegnete Peter und kontrollierte diese Behauptung sofort mit einem Griff unter das T-Shirt.

„Wohl wahr. Dank Doktor Schröder!", bestätigte sie schmunzelnd und gab ihm einen Kuss.

„Ich komme gern mit. Ich bin doch dein Personenschutz. Das hat sogar der Chef befohlen!", bestätigte Peter.

„Schatz! Ich habe nichts anzuziehen!", flötete sie und musste lachen.

Hannah blickte wieder auf die herausgesuchten Sachen und schüttelte dabei den Kopf. Es war wirklich nur Müll in dieser Tasche.

„Kannst du mir eine Jeans von dir borgen?", bat sie.

„Links im Schrank!", erklärte er.

Hannah ging ins Schlafzimmer, suchte im Kleiderschrank nach der versprochenen Hose und sagte nach einer Weile: „Da hängt nichts!"

Peter sah zu ihr herein und antwortete: „Das andere links!"

„Oh. Danke! Passt perfekt!", entgegnete sie, nachdem sie den Bund der Jeans geschlossen hatte.

Anschließend fuhren sie für ein paar Stunden ins Büro, wo sie wartete, während Peter noch ein paar Dinge kontrollierte.

Regelmäßig versorgte er sie dabei mit seinem hervorragenden Kaffee, den er in einer regelrechten Art von Zeremonie in die Tassen füllte.

Pünktlich um zwölf Uhr brachte er sie, verkleidet mit einer großen Sonnenbrille und einem Basecap, das die hochgesteckten Haare verbarg, zuerst zum Bürgeramt, wo sie sich einen provisorischen Ausweis ausstellen ließ.

Den brauchte sie danach für die Bank und in ihrer Verkleidung kam sie sich dort wie eine Bankräuberin vor!

Das Ausstellen der neuen Karte dauerte auch gar nicht lange, denn durch die Meldung des Verlustes der alten war die neue schon vorbereitet worden.

Damit hatte sie wieder Zugriff auf ihr Geld und nach einem etwas längeren Zug durch die einschlägigen Bekleidungs- und Ausstattungsgeschäfte trug Hannah auch schon bald wieder ordentliche Sachen auf dem Leib.

Peter machte alles geduldig mit, aber sie erkannte an seinem Blick, dass er sie sorgfältig bewachte.

Es gab ihr diese Sicherheit, die sie gerade brauchte. In seiner Nähe konnte sie sich geborgen und beschützt fühlen.

Der letzte Weg führte sie danach noch zum Frisör!

Mit Sandalen an den Füßen und in einem luftigen gelben Sommerkleid war sie schließlich am späten Nachmittag wieder mit ihm in seinem Büro.

Hannah strich mit den Fingern über den Kleidersaum. Dieses Kleid war von der Stange! Noch etwas, was die alte Hannah nie gemacht hätte. Da hätte es eines aus einer Boutique sein müssen.

Für das nächste Wochenende hatte sie sich ein bauchfreies Top und ein paar Hotpants gekauft.

Peters Blick, als sie damit aus der Ankleidekabine gekommen war, war schon Belohnung für sie gewesen.

Ein festlicheres Kleid in Schwarz hatte sie dort ebenfalls erworben und in diesem führte Peter sie am Abend in ein kleines Restaurant aus.

Obschon es draußen bereits dunkel wurde, war die Angst fern, denn da Peter in ihrer Nähe war, konnte ihr nichts passieren.

Es war eines jener kleinen Lokale, in denen man am Wochenende keinen Platz bekam, aber jetzt, so mitten in der Woche, waren nicht sehr viele Gäste anwesend.

Peter führte sie zu einem Tisch in einer Nische und sie ließ den Blick sorgsam über die anwesenden Gäste gleiten.

Viele Frauen und nur wenige Männer. Keine Gefahr!

Peter bestellte einen Rotwein und mit dem Glas in der Hand sah sie ihn an.

Urplötzlich krampfte sich ihr Bauch zusammen.

Ein Gefühl der Angst sauste durch ihren Körper und ließ sie zittern. Das Glas glitt ihr aus der Hand und zerbrach auf dem Tisch.

## 26. Kapitel
# Ein traumatisierter Engel?

Und abermals hatte Aurelia eine sehr ruhige Nacht in ihrer Zelle gehabt. Bis auf das Essen war es hier ziemlich gut, aber sie wäre trotzdem lieber bei der Familie auf den Malediven.

Damit hieß es einfach nur, gespannt abwarten. Es war so gar nicht ihre Art, einfach die Kontrolle über ihr Leben abzugeben, aber im Moment wurde sie gelebt!

Alle hielten sie in der Warteschleife.

Lilith war auf dem Weg, um ihre Söhne zu befragen, das Labor hatte anscheinend die Probe immer noch nicht ausgewertet und darum saß sie hier, sah zum Fenster hinaus und langweilte sich.

Diese Ungewissheit war es, die sie zusätzlich auch noch unzufrieden machte.

War sie nun schuldig? Oder nicht?

Warten, immer nur warten! Aber es ging ihr definitiv besser, als es Hannah in dem dunklen Keller gegangen war.

Gern hätte sie jetzt mit ihr gesprochen, aber sie zuckte immer vor dem Gedanken zurück, denn was wäre, wenn mitten in diesem Gespräch der Kommissar erschien, mit dem Finger auf sie zeigte und sagen würde: „Schuldig!" Dann säße sie mit dem Opfer ihrer unbewussten Gewalt vielleicht gerade lachend am Tisch.

Sie würde sich danach nicht mehr in die Augen sehen können!

Und es gab da definitiv eine starke Anziehungskraft zu Hannah.

Sinnierend stützte sie den Kopf in die Hand. Sie erinnerte sich daran, wie Daria oft abends von Hannah erzählt hatte. Diese Durchsetzungskraft für ihre Jobs, dieser grenzenlose Willen, es irgendwann ganz nach oben zu schaffen und diese Zielstrebigkeit, alles auf einen Punkt fokussiert, die hatten ihr schon imponiert.

War diese Bewunderung für die junge Frau vielleicht der Auslöser für diese furchtbare Tat gewesen?

Aurelia hatte keine Antwort darauf. Nur die DNA-Probe konnte es bestätigen oder entkräften.

Irgendwann wurde es Mittag, es gab Erbsensuppe mit Würstchen und danach erschien der Assistent des Kommissars, brachte ihr die Sachen und Paulchen, und verkündete, dass sie wirklich unschuldig war.

Ein zentnerschwerer Felsbrocken fiel von Aurelia ab.

Nachdem sie eine Verschwiegenheitserklärung unterschrieben hatte, war sie frei.

Damit hätte sie jetzt gern das Gespräch vom Tag zuvor wieder aufgenommen, doch der Assistent erklärte ihr, dass Hannah zusammen mit dem Kommissar nur wenige Minuten zuvor das Gebäude für ein paar auswärtige Termine verlassen hatten.

Mit Paulchen an der Leine und dem Handy am Ohr ging sie daher erst mal spazieren.

Sie log Daria etwas von einem kaputten Handy vor und sprach bestimmt eine Stunde lang mit ihr und den Kindern, als sie feststellte, dass sie im Park genau auf jener Bank saß, auf der ihre Freundin und Arbeitskollegin Gisela gestorben war.

Erschrocken sprang sie auf, aber es war ja definitiv nicht ihre Schuld gewesen.

Aber wessen dann?

Das konnte ihr nur Lilith verraten.

Mit Paulchen auf dem Arm eilte sie in ihre Wohnung, duschte erst einmal ausgiebig und zog sich neue Kleidung an.

Schließlich wurde es Zeit, die Dämonin zu rufen, denn vor lauter Neugier konnte sie nicht still auf dem Sofa sitzen.

Fast mit ihrem Ruf erschien Lilith.

Die Dämonin setzte sich neben Aurelia, holte tief Luft und sagte dann: „Es kann nur meine Enkeltochter Taruna sein. Mein Sohn Xander hat zwei Töchter. Von der einen weiß er nicht, wo sie sich im Moment befindet, und das ist eben Taruna. Sie ist noch nicht mal halb so alt, wie du. Ich werde sie suchen müssen, um sie zu stoppen und um ihre Beweggründe zu erfahren! Ich melde mich, wenn ich sie gefunden habe!"

Lilith umarmte sie und verschwand.

Eine junge Dämonin war also für diese Gewalt verantwortlich. Doch warum tat sie das? Wen konnte Aurelia fragen? Luzifer? Gabriel?

Da es sich um eine Dämonin handelte, wäre wohl Luzifer der erste Ansprechpartner gewesen, aber hatte Lilith nicht gesagt, dass Taruna unauffindbar war? Und sicher hatte die Dämonin Luzifer schon kontaktiert.

Also würde vielleicht Gabriel, der alle Engel und Menschen kannte, doch wohl derjenige sein, der ihr eine Auskunft geben konnte. Wie auch immer diese dann aussah, denn die Aussagen des Erzengels waren manchmal kryptischer, als jedes Orakel.

Mit dem Hund im Arm machte sich Aurelia auf den Weg zum Dom.

Sie schlenderte durch die Gassen der Altstadt, bis sie das altehrwürdige Bauwerk vor sich sah. Es war später Nachmittag und vielleicht war ja auch gerade niemand in dem Gotteshaus.

Aurelia schob die schwere Tür auf und betrat den Chorraum.

Sie verbeugte sich vor dem Altar und blickte sich um. Nur zwei alte Frauen saßen in einer der hinteren Bankreihen.

Andächtige Stille war in dem Raum. Konnte sie da so einfach nach dem Engel rufen? Sicherlich würde er ja für die beiden Frauen nicht sichtbar erscheinen, aber wer wusste das bei ihm schon?

Sollte sie warten, bis die beiden gegangen waren? Doch dazu war sie jetzt einfach zu aufgeregt. Sie setzte sich in die erste Bankreihe, sah zum Altar und flüsterte: „Gabriel! Komm zu mir! Ich habe mal ein paar Fragen!"

Einige Minuten später öffnete sich die Seitentür und Aurelia hätte fast laut losgelacht.

Gabriel erschien in der Kleidung eines buddhistischen Mönches und setzte sich neben sie.

„Ist das nicht der falsche Anzug? Oder die verkehrte Kirche?", erkundigte sie sich flüsternd.

„Ich war gerade im Himalaya zu einer Meditation", gab der Erzengel augenzwinkernd zurück. „Was möchtest du wissen?", fragte er.

„Ich bin auf der Suche nach meiner Cousine Taruna. Kannst du mir etwas zu ihr sagen?"

„Wir alle suchen sie", erwiderte Gabriel.

„Ein Engel kann doch nicht einfach so verschwinden. Und eine Dämonin auch nicht. Oder?", erkundigte sich Aurelia.

„Wenn sie weiß, wie sie sich verstecken muss!", konterte Gabriel.

„Ich glaube, sie ist hier, in dieser Stadt! Lilith will sie zur Rede stellen, denn sie tötet Menschen!", erklärte Aurelia.

„So etwas habe ich schon geahnt! Taruna ist keine Dämonie und sie ist auch kein wirklicher Engel. Sie ist etwas dazwischen. Sie ist eine Botin: Ein Todesengel!", erzählte der Erzengel.

„Ein Todesengel? Das klingt ja schauerlich!", entfuhr es Aurelia.

„Nicht wirklich! Es gibt einige Todesengel. Sie begleiten die Seelen der Verstorbenen dorthin, wo entschieden wird, ob sie in den Himmel oder die Hölle kommen", erläuterte Gabriel leise.

„Aber ein Todesengel soll doch gewiss nicht selber töten. Oder?", erkundigte sich Aurelia jetzt.

„Aurelia, da hast du den Punkt getroffen! Wir haben wohl einen schrecklichen Fehler gemacht. Taruna war in einem Kriegsgebiet und noch sehr unerfahren. Das Sterben, das Töten und die Gewalt haben ihr wohl zu sehr zugesetzt. All die toten Frauen und Kinder! Wenn man so will, hat sie eine posttraumatische Belastungsstörung", seufzte Gabriel.

„Mit anderen Worten: sie ist durchgedreht. Oder?"

„So könnte man sagen!", stimmte der Erzengel ihr zu.

„Und nun? Wer kann sie stoppen?", entgegnete Aurelia.

„Wir müssen sie erst mal aufspüren!"

„Ich danke dir für die Informationen und ich werde versuchen, Taruna mit Kommissar Sommermäusels Hilfe zu finden!", erklärte Aurelia.

„Ja, tu das. Gehe mit Gott, meine Tochter!", antwortete Gabriel, segnete sie und verschwand.

## 27. Kapitel
# Gefährliche Nähe!

Was war das für eine Nacht gewesen! Hannah war jetzt schon die zweite bei ihm und Peter hatte sie in seinem Arm schlafen lassen. Und obwohl es eben erst die zweite Nacht mit ihr war, konnte er sich schon nicht mehr vorstellen, wie es vorher gewesen war.

Sie tat ihm einfach gut.

Natürlich würde er sich um sie kümmern und sie beschützen, und zwar nicht nur, weil das der Chef so wollte. Es war nicht nur der hemmungslose Sex, den sie miteinander gehabt hatten, sondern auch das Kuscheln, das Küssen, das sich gegenseitig streicheln, sich unterhalten. Einfach alles! Diese Nähe und Vertrautheit!

Hannah hatte ihm am Morgen gesagt, dass sie mit den Modelljobs aufhören und sich in der Stadt eine ganz normale Anstellung suchen wollte. Vielleicht in einer den Parfümerien an der Hauptstraße.

Für jemanden mit ihrem Näschen für exklusive Düfte würde sich da sicherlich etwas Passendes finden lassen.

Peter hatte sie bewundert, wie sie im Laden immer wieder mit anderen Kleidungsstücken kurz aus der Umkleidekabine herausgekommen war. Ihr schien einfach alles zu stehen und der Kontrast des hellen Sommerkleides zu ihrer gebräunten Haut war auch ziemlich aufregend.

Freilich war das gar nichts zu dem Outfit, welches sie an Wochenende tragen wollte. Das hatte ihr so gut gestanden, dass bei ihm auch etwas gestanden hatte.

„Zieh das heute Abend noch mal an, damit ich es dir ausziehen kann!", hatte er nur geseufzt und sie hatte das mit einem Lächeln quittiert.

Zu Glück probierte sie danach noch ein paar andere Stücke, wodurch er anschließend wieder in der Lage war, sich von der Bank vor der Kabine zu erheben, ohne dass die anderen Frauen schreiend weglaufen würden.

Auch in einem Geschäft für Dessous waren sie gewesen und die gewählten Stücke würde ihm wohl mehr Freude machen, als ihr.

Später saß sie im Büro auf dem Stuhl. Die Locken perfekt eingedreht, die Beine galant übereinander geschlagen und wartete darauf, dass er endlich Feierabend haben würde.

Immer wieder wanderte sein Blick zu ihr hinüber und möglicherweise konnte es sein, dass er das für lange haben konnte.

In den zwei Tagen hatte er sich in Hannah verliebt und wenn es auf gegenseitiger Basis beruhte, dann stand ihrem gemeinsamen Glück wohl kaum etwas entgegen. Außer, dass er diesen elenden Verbrecher finden musste, der dieses Glück immer noch bedrohte.

Flugs war der Feierabend gekommen und die Frau, die am Morgen das Büro mit seinem schlabbrigen T-Shirt betreten hatte, die schwebte nun im luftigen Sommerkleid hinaus.

Lachend über einen Witz von ihm hätte wohl niemand gedacht, dass er sie erst am Sonntag aus den Händen ihres Entführers befreit hatte und er war fest dazu entschlossen, sie nie wieder herzugeben.

Im Überschwang der Vorfreude auf die kommende Nacht schlug er ihr auf der Heimfahrt vor, in ein kleines Restaurant zu gehen, das er selbst vor Jahren mal aufgesucht hatte.

Gern stimmte Hannah zu und nach dem Ausladen der Einkauftüten machten sie sich gemeinsam zu Fuß auf den Weg.

„Ich habe heute nur die kleinen Hörner mit!", sagte sie lachend und zeigte die Absätze ihrer Heels.

„Ich habe auch noch fünfzöller zu Hause!", erklärte Hannah weiter.

„Aber damit würdest du mich weit überragen!", scherzte er zurück, denn schon so war sie ein paar Zentimeter größer als er.

So stöckelte sie neben ihm her und nach nur etwa zehn Gehminuten hatten sie das in der Nähe des Stadtparks gelegene Lokal erreicht.

Erst davor fiel ihm auf, dass man von dort aus auch die Ruine der Fabrik erkennen konnte, aber offensichtlich störte sich Hannah nicht daran, dass dieser dunkle Ort zu sehen war.

Mit einem schnellen Blick in den Gastraum prüfte sein polizeilich geschulter Verstand, ob es eine Gefahr gab.

Fünfzehn Frauen und drei Männer befanden sich darin. Die Männer waren alle mit ihren Partnerinnen da und von der Statur her war auch kein wirklich bedrohlich aussehender Mann darunter.

Die meisten der Frauen saßen alleine an der Bar, bis zu der sie aber nicht gingen.

Im vorderen Bereich ließen sie sich nieder und er setzte sich so, dass er die Tür und Hannah gleichzeitig im Auge behalten konnte.

Sie stießen mit den Gläsern an, als sich Hannah plötzlich zusammenkrümmte und den Wein auf dem Tisch vergoss.

„Das ist er! Ich kann es spüren!“, brach es aus ihre heraus, aber es war kein Mann in der Nähe.

„Du musst dich irren. Das war nur eine junge Frau, schlank, blond und etwas kleiner als du!“, erklärte er ihr, während er der jungen Frau hinterher sah, die gerade an ihnen vorbei zur Tür gegangen war.

Hannah klappte stöhnend zusammen und ihm sauste die Beschreibung der Rentnerin aus dem Park durch den Kopf.

„Verdammt!", schrie er und sprang von seinem Stuhl auf.

„Bleibe hier und rühre dich nicht von diesem Platz!", befahl er Hannah.

Peter riss die Pistole aus dem Holster und stürzte der Frau hinterher, die gerade die Tür des Lokals öffnete, um auf die Straße zu gehen.

„Blciben sie stehen! Polizei!", brüllte er und rannte weiter.

Die schmächtige Frau ging ruhigen Schrittes nach draußen. Offensichtlich war sie sich keiner Schuld bewusst.

Die Gedanken überschlugen sich in seinem Kopf. War es eine Falle gewesen, die ihn weglocken sollte? Er konnte ja nun nicht mehr bei Hannah sein. Eventuell eine falsch gelegte Duftspur des Täters?

Wenn dem allerdings nicht so war, dann hatte er ihn! Oder die Frau konnte ihm sagen, woher dieser Duft stammte, den sie offensichtlich noch an sich trug.

Peter erreichte die Tür und stürzte auf den Vorplatz. Die Frau hatte sich unmittelbar vor ihm im Dunkeln umgedreht und er musste stoppen, um sie nicht über den Haufen zu reißen.

Mit einer leichten Handbewegung fegte sie ihn von den Füßen und schleuderte ihn zur Seite, gegen eine drei Meter entfernte Mülltonne.

Peter verlor die Pistole und rutschte an der Tonne herab.

Auf allen vieren davor kniend sah er, wie sie sich die Schuhe von den Füßen streifte und leichtfüßig in Richtung Park rannte.

Er sprang zu seiner Waffe, aber die Frau war schon in der Dunkelheit verschwunden.

„Mist!", brüllte er und hielt sich die schmerzenden Rippen.

Diese Frau hatte bestimmt keine 50 Kilogramm gewogen und ihn einfach so aus dem Weg geräumt. Sicher konnte sie irgendeine asiatische Kampfkunst.

Hannah tauchte bei ihm auf und kniete sich neben ihn.

„Solltest du nicht drin bleiben! Du bringst dich in Gefahr!", stöhnte er vor Schmerzen, aber er konnte ihr nicht böse sein.

Sie half ihm auf und fragte: „War er das?"

„Ja! Oder es war eine Falle. Sie war sicherlich zwanzig Zentimeter kleiner, als ich!", erklärte Peter und blickte in die Ferne des Parks.

„Dann kann er es nicht gewesen sein. Der Mann im Keller war größer als ich!", antwortete Hannah.

Sie führte ihn zurück in das Lokal, aber die Freude an dem Abend war ihm vergangen. Er zahlte und sie gingen zurück zu seiner Wohnung.

„War es eine Falle? Warum haben die anderen Frauen nicht reagiert?", fragte er sie auf dem Heimweg.

„Es war nur ein ganz leichter Duft. So richtig stark wurde der auch immer nur, wenn er Sex mit mir hatte und der ganze Raum war dann damit geflutet. Es war wohl auch eher eine Angstattacke!", erklärte Hannah.

„Wenn sie es schon nicht war, dann hätte sie uns vielleicht auf die Spur des Täters bringen können. Vielleicht hatte sie zuvor Sex mit ihm und ihn gesehen!", stellte Peter entmutigt fest.

In der Wohnung angekommen sah er im Spiegel den riesigen blauen Fleck, den die kurze Berührung auf seiner Brust hinterlassen hatte.

Es war eine gefährliche Nähe gewesen und eine verpasste Chance für ihn.

Hannah begann jetzt, sich liebevoll um ihn zu kümmern.

„Du wolltest mir doch das heiße Teil ausziehen!", flüsterte sie und ging lächelnd mit der Einkaufstüte ins Bad hinüber.

Damit würde jetzt eine andere Nähe kommen, die ihn sicherlich von den Schmerzen ablenkte.

## 28. Kapitel
# Rote Linien in der Nacht

Gerade hatte sich Hannah die Dessous und darüber Top und Hotpants angezogen, da klingelte es an der Wohnungstür.

„Wer läutet den so spät am Tage noch bei mir?", fragte Peter laut aus der Schafstube, wo er schon auf sie gewartet hatte.

Hannah trat aus dem Bad und sah zu ihm ins Zimmer.

„Sollen wir wirklich aufmachen? Was ist, wen er es ist?", fragte sie vorsichtig.

„Glaubst du, dass er läuten würde?", antwortete Peter und erhob sich vom Bett.

„Na du machst mir ja Mut! Ich dachte, ich bin hier sicher!", erwiderte sie.

„Du könntest nur mal zur Sicherheit am Schlüsselloch schnuppern!", sagte er grinsend.

„Du spinnst doch!", entgegnete Hannah und tippte sich mit dem Finger an die Stirn.

Erneut klingelte es.

Peter warf sich einen Bademantel über, steckte seine Pistole in die Tasche des Mantels und ging zur Tür.

Ängstlich und gleichzeitig neugierig blickte Hannah ihm hinterher, schob sich aber zugleich einen Schritt zurück, wodurch sie nun mit einem Fuß im Schlafzimmer und mit dem anderen im Flur stand.

Die Klinke der Zimmertür in der Hand und zum Sprung in den Raum bereit, wartete Hannah, dass Peter die Wohnungstür öffnete.

Zwar konnte sie von ihrer Position aus nicht sehen, wer draußen stehen würde, doch die Reaktion von Peter würde sie wahrnehmen.

Er schob die Tür auf und fragte sofort: „Frau Engel. Wie haben sie denn meine Wohnung gefunden?"

„Aus dem Telefonbuch. Der Name Sommermäusel ist nicht sehr verbreitet", hörte Hannah Aurelias Stimme.

„Aber ich stehe in keinem Telefonbuch", entgegnete Peter.

„In meinem schon. Ich muss mit ihnen sprechen und mit Hannah. Ist sie da?"

„Ja!", sagte Hannah und trat zu Peter.

„Kommen sie rein", erklärte Peter und gab den Weg frei.

„Oh! Störe ich etwa?", fragte Aurelia, als sie Hannahs Kleidung erblickt hatte.

Es musste wohl ziemlich komisch aussehen: Peter im weißen Bademantel und sie bauchfrei mit kurzen sexy Hosen.

„Nein. Komm rein", erklärte Hannah, fasste die Freundin an der Hand und zog sie in die Wohnung.

Ein paar Augenblicke später saßen sie zu dritt um den Wohnzimmertisch herum.

„Ich weiß jetzt, wer es sein könnte. Meine Mutter hat mir erzählt, dass meine Cousine Taruna vermisst wird", begann Aurelia.

„Wir haben sie, glaube ich, heute getroffen!", antwortete Peter.

„Wo?"

„In einer kleinen Gaststätte. Ich hatte plötzlich wieder diesen Geruch in der Nase. Aber nur ganz leicht! Nicht so intensiv, wie im Keller!", erzählte Hannah.

„Sie war sehr kräftig. Mit einem Schlag hat sie mich zur Seite geschleudert. Ich könnte ihnen den blauen Fleck davon zeigen!", setzte Peter hinzu.

„Was ist mit ihr geschehen? Eine junge Frau macht doch so etwas nicht! Und ich glaube auch nicht, dass sie es war, die bei mir im Keller war?", erkundigte sich Hannah.

„Taruna war als Helferin im Krieg. Das muss sie wohl verrückt gemacht haben. All das Sterben, die missbrauchten Frauen, das Leid der Mädchen und Kinder. Meine Mutter hat gesagt, sie wäre durchgedreht!", berichtete Aurelia.

„Posttraumatische Belastungsstörung!", setzte Peter hinzu.

„Genau! So wird das genannt! Wir müssen sie finden, um ihr zu helfen. Vielleicht hat Taruna ja von dort jemanden mitgebracht, der das bei dir im Keller war", legte Aurelia dar.

„Das würde zumindest einen Sinn ergeben!", pflichtet Hannah den Überlegungen der Freundin bei und sah zum dunklen Fenster hinüber.

„Wenn wir sie haben, dann haben wir auch den Täter! Unsere ganze Verwandtschaft ist von mir mobilisiert worden, aber keiner hat auch nur ein Lebenszeichen von ihr bekommen. Wo könnte sie nur sein?", fragte Aurelia sichtbar besorgt.

„Irgendwo in dieser Stadt!", bemerkte Hannah, stand auf und schaute zum Fenster hinaus.

Augenblicklich hatte sie Mitleid mit der jungen Frau, die vermutlich gerade irgendwo da draußen in der Dunkelheit war und die Trauer nicht bewältigen konnte.

„Hast du einen Stadtplan?", fragte sie Peter im Umdrehen.

Er erhob sich von seinem Platz, ging zum Schrank und kam mit einer großen Karte zurück, die er auf dem Tisch ausbreitete.

„Was willst du wissen?", fragte er sie, während sie sich einen roten Filzstift holte.

„Kannst du bitte die Tatorte auf dem Plan markieren?", fragte Hannah und hielt ihm den Stift hin.

„Also", begann Peter und strich einige Punkte an. Dazu sagte er laut: „Der Überfall auf die Joggerin, der Raum, in dem Luc Detrox gestorben ist. Der Keller in der Fabrik, Frau Liese, die auf der Parkbank gestorben ist. Die Wohnung deiner Nachbarin, Frau Stark, und Herr Unterberger, den wir tot in einer Gasse gefunden haben."

„Und das Lokal, wo wir am Abend so schön essen wollten!", setzte Hannah hinzu.

„Genau!", sagte Peter und ein neuer Punkt vermerkte die Stelle auf der Stadtkarte.

Zu dritt beugten sie sich danach über den Plan und sahen sich die sieben Punkte an. War da ein Muster zu erkennen?

Aurelia tippte die Punkte an und sagte für sich: „Die Joggerin, Luc, du, Gisela, Cornelia, Siggi und das Restaurant. Die sind alle in der Nähe des Parks und bei der Fabrik! Wo könnte sich Taruna da verstecken?"

„Die Gasse, in der Herr Unterberger gefunden wurde und die Gasse, durch welche die Frau heute entkommen ist, die führen beide zur Fabrik!", erklärte Peter und zog zwei Linien zur Verlängerung.

„Glaubst du, dass die beiden noch dort sind?", fragte Hannah und tippte auf den Schnittpunkt der beiden roten Striche.

Aurelia sah auf den Punkt, stützte den Kopf in die Hand und schien nachzudenken.

„Ruinen und Trümmer, dazu verwinkelte Kellergänge. Für jemanden, der im Kriegsgebiet lebt, ist das vielleicht normal. Könnte es sein, dass die beiden immer noch im Krieg sind?", erkundigte sich Aurelia bei Peter und sah ihn fragend an.

„Möglich!", entgegnete er, kratzte sich am Kinn und blickte zum Fenster. „Da sollte ich wohl ein SEK hinschicken, dass die beiden aufspürt!", setzte er noch hinzu.

„Bitte nicht! Ich möchte nicht, dass meine Cousine dabei irgendwie verletzt wird. Sie kann doch sicherlich nichts dafür. Ich würde da erst mal meine Mutter hinschicken, die kann ganz gut mit ihr reden und wenn das nichts bringt, dann kann das SEK danach immer noch versuchen, die beiden zu stellen", bat Aurelia.

„Und wenn die dann untertauchen, weil sie durch den Besuch deiner Mutter gewarnt werden?", fragte Hannah.

„Oder der Frau irgendetwas passiert, weil die beiden sie für einen Feind halten?", setzte Peter hinzu.

„Schwierige Entscheidung. Meine Mutter oder meine Cousine. Welche Wahl soll ich treffen?", entgegnete Aurelia und stand vom Tisch auf.

Vom Fenster aus waren die Schornsteine der Fabrik gerade noch so zu sehen.

„Ich frage meine Mutter und melde mich dann bei euch!", sagte Aurelia und wandte sich wieder ihnen zu.

„Bis dahin machen sie bitte nichts Herr Kommissar. Versprechen sie mir das?", fragte Aurelia besorgt.

„Ja! Ich warte bis morgen Abend, wenn ich dann nichts weiß, dann geht es los", erwiderte Peter entschlossen.

„Ich danke ihnen und wünsche euch beiden noch eine gute Nacht. Und viel Spaß!", sagte Aurelia zum Schluss, schmunzelte und wurde von Peter zur Wohnungstür gebracht.

Dort verabschiedete sich Hannah mit einer Umarmung von Aurelia und sagte noch: „Viel Glück!"

## 29. Kapitel

# Flackernde Kerzen

Kaum war Frau Engel gegangen, da lag Hannah in seinen Armen, allerdings nur, um sich von ihm trösten zu lassen und zu kuscheln. Es war nicht ganz das, was er vorgehabt hatte, aber auch das war einfach schön.

Die Nähe des jeweils anderen in der Stille im Kerzenschein zu genießen, gefiel ihm auch sehr. Wo auch immer Hannah diese Kerzen gefunden hatte, es war klasse.

Der Duft ihrer Haare vernebelte sein Hirn und ein bisschen wusste er jetzt, was ihr da wohl in diesem Keller passiert war.

Allerdings war Peter im Moment hin- und hergerissen, denn einerseits hatte er versprochen, zu warten und andererseits hätte er eigentlich zuschlagen müssen.

Dieser Mann hatte Hannah missbraucht und Peter fühlte sich berufen und verpflichtet, sie zu rächen. Wer ihr wehtat, dem musste er ebenfalls wehtun.

Doch dann würde die Cousine von Frau Engel zwangsläufig zwischen die Fronten geraten. Irgendein Soldat aus diesem Krieg war ja bei ihr. Sicherlich hatte er entsprechende Ausrüstung von dort mitgebracht und die Männer vom SEK würden kein Risiko eingehen wollen.

Falls es aber gelingen konnte, die Frau dort heraus und in Sicherheit zu bringen, dann konnte der Schuldige bestraft werden, ohne dass dabei unschuldige Mitmenschen zu Schaden kommen würden.

Und war es nicht seine Aufgabe, die Unschuldigen zu beschützen?

So wie er Hannah beschützen würde?

Dieser Soldat hatte eine rote Linie überschritten, als er Luc Detrox getötet und Hannah entführt hatte. Dafür würde er zur Rechenschaft gezogen werden!

Hannah lehnte ihren Kopf an seine Schulter, was etwas komisch aussah, da sie beide fast gleich groß waren. Darin lag so eine schutzbedürftige Geste und er legte seinen Arm um sie.

Der Schmerz in der Brust wich langsam.

So eine Rippenprellung würde auch noch in ein paar Tagen schmerzhaft sein, das wusste er noch von früher.

Bei einer Verfolgung hatte ihn vor Jahren ein Kleinbus gestreift, allerdings war er dabei nicht so weit geflogen, wie bei dem Schlag dieser schmächtigen Frau!

Der Soldat hatte ihr sicher einiges beigebracht und das ließ auf einen erfahrenen Kämpfer schließen.

Peter dachte an seine eigene Ausbildung bei der Armee zurück. Damals hatte er eine Einzelkämpferausbildung gemacht und hielt sich seitdem auch mit Sport fit. Er war kräftig und kampferprobt, doch Taruna hatte ihn unvorbereitet erwischt, da er geglaubt hatte, dass so eine schmale Frau wohl kaum solch eine Stärke haben konnte.

Und dabei hatte er doch gewusst, dass sie Kraft hatte, denn schließlich hatte er deshalb vor ein paar Tagen noch Frau Engel stundenlang in Handschellen gelassen.

Hannahs Aussage, dass es ein Mann gewesen war, hatte ihn wohl unvorsichtig werden lassen, doch das würde ihm nicht noch einmal passieren.

Gleichzeitig dachte er gerade aber auch daran, dass die Spermaprobe, die Sarah als Abstrich bei Hannah genommen hatte, auch die DNA von Taruna enthalten hatte.

Wie passte denn das zusammen? War Hannah durch diesen Duft so benebelt gewesen, dass sie nicht gemerkt hatte, dass sie auch von der Frau missbraucht worden war?

Er dachte zurück an den Tag zuvor und an Hannahs Aussage, dass sie solch einen winzigen Penis sicher nicht gespürt hätte.

War Taruna also dennoch schuldig? Hatten die beiden Hannah gemeinsam Gewalt angetan? Dann musste auch die Frau dafür bestraft werden!

Sicherlich aber erst, nachdem sie aus der geschlossenen Psychiatrie entlassen worden war.

Zuerst musste sie allerdings gefunden werden.

Peter streichelte Hannahs Wange und spürte, dass sie leise weinte. Vermutlich hatten die Erzählungen von Frau Engel den verdrängten Kummer wieder nach oben geholt.

Hannah war offensichtlich doch nicht so stark, wie sie vermutlich bis gerade eben selbst noch gedacht hatte. Fester zog er sie an seine Brust und schlang eine Decke um sie.

Es war wie ein Schutzfeld, welches er um sie beide herum zog.

Schweigend saßen sie im Licht der Kerzen. Sollte er ihr seine Überlegungen mitteilen? Oder würde das nur Hannahs Schmerz noch verstärken?

Sie wandte sich ihm zu und er sah in ihre Augen. Am Tage zuvor war sie so stark gewesen und er hatte es geliebt. Jetzt war sie so zerbrechlich und schwach und er fühlte, dass er das genauso mochte.

Das war wohl dieses, in guten wie in schlechten Tagen.

Eine Träne glitzerte im Kerzenlicht auf ihrer Wange und er tupfte diese mit den Fingerspitzen fort.

Sollte er ihr mit seiner neuen Frage wehtun? Oder ihr erst einmal Zeit geben?

Freilich war sie doch schon im Schmerz drin und wozu sollte das heilen, um danach erneut aufgerissen zu werden?

„Du Hannah", begann er vorsichtig und setzte hinzu: „Der Abstrich geht mir nicht mehr aus dem Kopf. Der Samen war ja von Taruna! Kann es sein, dass sie dich ebenfalls missbraucht hat? Dass sie also beide schuldig sind? Irgendwie muss ja ihr Sperma in dich gekommen sein!"

„Wenn sich die Tür öffnete, dann habe ich immer schnell die Augen geschlossen, weil es mich geblendet hat. Sie hätte also durchaus mit hereingeschlüpft sein können. Du meinst also, dass er mich, nachdem er mit mir fertig gewesen war, nur noch festgehalten hat, damit es auch Taruna mit mir tun konnte?", entgegnete Hannah.

„Vielleicht! Der Duft hatte dir doch so zugesetzt", antwortete Peter.

„Möglich! Aber ich will nicht daran zurückdenken. Das ist Vergangenheit! Dies hier ist jetzt meine Wirklichkeit. Du bist mein Leben!", flüsterte Hannah, beugte sich vor und ihre Lippen trafen die seinen.

Die unglaubliche Sanftheit dieses Kusses raubte ihm den Atem. Sie rutschte zur Seite, legte ihren Kopf auf seinen Schoß und blickte ihn von unten aus an.

Da war sie wieder, diese unglaubliche Vertrautheit zwischen ihnen beiden.

Er streichelte ihr Gesicht und schaute sie einfach nur an.

„Ich liebe dich!", flüsterte er, beugte sich hinab und küsste sie.

Peter fühlte, wie sich ihre Zunge zwischen seine Lippen schob. Zärtlich tastete sie sich vorwärts und wurde schon erwartet. Als sich die beiden Zungenspitzen berührten, zuckte er zusammen.

Nach einer Weile des stummen Ringkampfes zog sich Hannahs Zunge zurück und sie flüsterte: „Ich wollte dir doch noch etwas zeigen!"

Hannah erhob sich, warf die Decke ab und tanzte vor ihm im Schein der Kerzen.

Jetzt war sie wieder diese starke und selbstbewusste Hannah.

Durch ihre Bewegungen flackerten die Kerzenflammen.

Stück für Stück entledigte sie sich der Kleidung. Nach einer Weile tanzte sie in den Dessous, aus denen er sie wenig später befreite.

Im leidenschaftlichen Kuss fielen sie auf das Sofa, wo sie sich stürmisch liebten.

Der Schmerz war fern.

Ihrer genauso, wie seiner.

## 30. Kapitel

# Tiefe Wunden

Sie erwachte und es war finster um sie herum. Die Angst war wieder da! Sie waren nach ihrem Liebesspiel auf dem Sofa eingeschlafen, die Teelichter waren heruntergebrannt und die Jalousien vor dem Fenster ließen kein Licht herein.

Peter lag auf ihr und drückte sie mit seinem Körpergewicht auf das Sofa herab. Selbst wenn sie jetzt nicht vor Angst sowieso schon erstarrt gewesen wäre, hätte sie sich nicht bewegen können.

Hilflos, wie ein Käfer auf dem Rücken, konnte sie nicht fort. Hannah hatte erneut diesen Duft im Kopf und wusste nicht zu sagen, ob er aus ihrer Nase oder aus der Erinnerung dorthin gelangt war.

War es möglich, dass Taruna Aurelia verfolgt hatte und damit nun ihren Aufenthaltsort kannte? War die Frau heimlich in die Wohnung eingedrungen? Und der Mann?

Hannah zitterte vor Angst!

Noch schlimmer wurde die Furcht und Hannah bäumte sich mit aller ihr verbliebenen Kraft auf.

Mit einem Ruck flog Peter von ihr und landete ziemlich unsanft im Dunkel des Raumes. Zumindest ließ das sein überraschter Schmerzensschrei vermuten, den Hannah vernahm, als sie zum Lichtschalter hastete.

Die Deckenlampe flammte auf und im selben Moment hörte sie eine Tür zuschlagen.

Nackt und zitternd lehnte Hannah an der Wand.

Peter tauchte hinter dem Tisch auf und eine Platzwunde an seiner Stirn zeugte vom Treffer gegen die Tischkante.

Eigentlich hätte sie ihm helfen müssen, aber sie konnte sich nicht bewegen. Mit weit aufgerissenen Augen starrte sie auf das Fenster im Arbeitszimmer. Es stand weit offen und die Gardine wehte in den Raum.

Hannah war sich sicher, das Fenster am Abend zuvor fest verschlossen zu haben!

„Sie waren hier!", hauchte sie und sank in die Knie.

Hier an der Tür war der Geruch sogar noch stärker.

Peter hatte seine Pistole in der Hand und kam, gebückt, sich mit einer Hand die Stirn haltend, nackt zu ihr. Das sah so komisch aus, dass sie sicher losgelacht hätte, wenn sie nicht so in Panik gewesen wäre.

„Bleib hier!", zischte er ihr zu und sprang in den Flur.

Doch damit war sie jetzt auch noch alleine!

Die Arme um ihren Oberkörper geschlungen, hockte sie ängstlich am Boden. Draußen polterte und rumpelte es und bei jedem Geräusch zuckte sie erschrocken zusammen.

„Lieber Gott! Lass das nur Peter sein!", betete sie leise.

Nach einer Weile tauchte Peter wieder vor ihr auf und Blut sickerte durch seine Finger.

„Niemand ist hier!", sagte er.

„Aber das Fenster!", entgegnete sie und stemmte sich mühsam hoch. Im Umdrehen erblickte sie das geschlossene Fenster und zeigte darauf. „Hast du es gerade geschlossen?", fragte sie.

„Nein!"

„Aber es war offen!", erwiderte sie unsicher.

„Wir sind hier im fünften Stock! Wer sollte da durch ein Fenster kommen? Batman?", entgegnete Peter.

„Taruna ist zu einem Teil Fledermaus!", stellte Hannah fest.

„Ja! Aber sicher kann sie nicht fliegen! Deine Freundin hätte es dir gesagt!"

„Und wenn Aurelia es nicht weiß? Sie wird es nicht probiert haben!", antwortete Hannah zitternd.

„Ach! Wir sollten diese Spinnereien lassen!", beschloss Peter die Diskussion und zog sie an seine Brust.

Langsam beruhigte sich Hannah, denn in seinen Armen war sie sicher. Die kalte Pistole drückte ihr in den Rücken.

„Lass mich mal sehen!", sagte sie und zog Peters Hand von dessen Stirn.

„Nur ein Kratzer! Ich suche mal nach einem Pflaster!", erklärte er.

„Nein! Ich glaube, dass muss genäht werden. Ich bringe dich ins Krankenhaus!"

„Zuerst sollten wir uns anziehen und danach werde ich deiner Freundin sagen, dass wir nicht bis morgen warten werden. Ich will das zu Ende bringen! Ein für alle Mal und auch du kannst erst wieder zur Ruhe kommen, wenn alle Beteiligten bestraft sind!", erläuterte Peter entschlossen.

Hannah nickte ihm zu und ging an seiner Seite zum Schlafzimmer. Sie zogen sich an und sie wählte wieder den Jogginganzug, denn für die Notaufnahme hatte sie sonst nichts Passendes.

Unten in der Tiefgarage angekommen nahm sie Peter den Schlüssel ab und setzte sich hinter das Lenkrad, während er sich ächzend neben ihr auf den Beifahrersitz fallen ließ.

Die Stirnwunde blutete stark und Hannah beschleunigte den Wagen.

In Rekordzeit war sie auf dem Parkplatz der Universitätsklinik am Stadtrand und brachte Peter hinein.

„Das muss genäht werden!", bestätigte auch der anwesende Arzt ihre Vermutung und wollte Peter zur Behandlung mitnehmen, aber Peter wollte Hannah nicht alleine lassen.

Durch Peters wüste Drohungen veranlasst stimmte der Arzt schließlich zu, auch Hannah mit in den Behandlungsraum zu nehmen.

Dort hockte sie dann neben Peter und sah zu, wie der Arzt unter örtlicher Betäubung die Wunde mit drei Stichen nähte und ein Wundpflaster darauf klebte.

Einige Minuten später saß Peter, entgegen dem ausdrücklichen Wunsch des Arztes, der ihn noch eine Nacht zu Beobachtung auf der Station haben wollte, wieder mit Hannah im Auto.

Abermals musste sie den Wagen lenken, da Peter durch das verabreichte Schmerzmittel nicht mehr fahren durfte.

„Ich muss das beenden!", sagte Peter leise.

„Sollten sie nicht noch eine Nacht darüber schlafen, bevor wir Taruna dem SEK ausliefern?", fragte sie.

Gleichzeitig dachte sie aber auch daran, ob die Frau wirklich in ihrer Wohnung gewesen war, denn dann wäre es wirklich Zeit, um zu handeln.

Schwierige Frage!

„Wir sollten erst mal Aurelia informieren!", erklärte Hannah.

Peter nickte, beschrieb ihr den Weg und der schwere Geländewagen rollte durch die Nacht.

Während die Scheinwerfer die Finsternis ein wenig erleuchteten, grübelte Hannah nach: War das Fenster des Arbeitszimmers offen und war der Duft wirklich in ihrer Nase gewesen?

Davon hing im Moment das Leben von Aurelias Cousine ab!

Auf dem Weg zu Aurelia mussten sie auch an der Fabrik vorbei.

Eigentlich wollte sie nicht mehr an diesen dunklen Ort ihrer Gefangenschaft denken, aber gleißende Lichter machten das Gelände taghell.

Hannah bremste und sie beide sahen auf die Bauarbeiter, die jetzt sogar in der Nacht hier beschäftigt waren.

„Nach der Geschichte mit Luc Detrox hat sich das Hotel anscheinend dazu entschlossen, den Bau unverzüglich fortzusetzen", erklärte Peter und zeigte auf ein paar Bagger, die eine riesige Grube aushoben.

„Wenn die dort sind, wo ist dann Taruna?", fragte Hannah und blickte auf das geschäftige Treiben.

All die Monate waren die Gebäude der Fabrik verfallen und niemand hatte sich dafür interessiert. Mit einem prominenten Mordopfer sollte wohl jetzt alles ganz schnell gehen.

Hannah dachte an die Stunden, die sie dort verbracht hatte, wo gerade ein Schaufellader eine Grube aushob. So tief wie dieses Loch in der Erde, so tief waren die Wunden auf ihrer Seele.

Der Hohlraum im Boden würde mit Beton verfüllt werden. Und ihre Wunden? Wer würde die heilen? Vielleicht Peter, der auch gerade eine tiefe Wunde hatte.

„Entschuldige bitte, dass ich dich vom Sofa geworfen habe!", sagte Hannah.

„Entschuldige bitte, dass ich so unaufmerksam war!", antwortete er ihr.

Sie musste ihn einfach küssen!

„Jetzt zu deiner Freundin, damit dieser Spuk bald ein Ende hat!", äußerte Peter forsch.

Hannah gab Gas und der Geländewagen schoss davon.

## 31. Kapitel

# Auf Leben und Tod!

*A*urelia war gerade in ihrer Wohnung zurück und dachte daran, ob es wohl eine gute Entscheidung gewesen war, den Kommissar in ihre Überlegungen hineinzuziehen, doch hatte sie eine andere Wahl gehabt?

Taruna musste gestoppt werden und wenn es Lilith nicht gelang, dann musste sie es selbst versuchen.

Wie sie jedoch den Todesengel finden sollte, das wusste sie im Moment noch nicht. Vielleicht musste sie dabei auf Hannahs Geruchssinn vertrauen, obwohl es ihr nicht gefiel, die Freundin in Gefahr zu bringen.

Sollte Hannah dabei etwas zustoßen, dann würde sie Daria nicht mehr unter die Augen treten können, denn insgeheim mochte Daria Hannah ganz gut leiden, auch wenn das unter Modells vermutlich nicht ausgesprochen wurde.

Was konnte sie jetzt noch unternehmen? Warten, auf dem Sofa sitzen und nichts tun? Das war nicht das, was Aurelia wollte, aber momentan musste sie Lilith vertrauen.

In Gedanken fragte sie sich, was die Cousine alles Schlimmes erlebt haben musste, um so zu reagieren. Aurelia konnte schon lange keine Nachrichten mehr sehen, wenn dieser ferne Krieg auch nur erwähnt wurde und Taruna war mitten drin gewesen.

All die toten Frauen und Kinder! Klar, dass da selbst ein Todesengel an seine Grenzen stieß.

Die Kinder sollten doch die Welt erkunden, groß werden und sich ihres Lebens freuen und nicht schon so jung sterben.

Wenn so etwas ihren Kindern passieren würde, dann würde sie vermutlich zu einem Racheengel werden und wer weiß, ob sie dann jemand auf ihrem Kreuzzug stoppen konnte.

Lilith möglicherweise und daher musste sie Zuversicht in die Handlungen und das Verhandlungsgeschick der Dämonin haben.

Im Wohnzimmer, mit Blick zur Wand, saß Aurelia auf ihrem Sessel und wartete, als der bekannte Wirbelsturm einsetzte und Lilith erschien.

Aber kaum war die Mutter in dem Raum, brach sie zusammen.

Aurelia sprang auf und stürzte zu ihr. „Was ist geschehen?", fragte sie, kniete sich hin und zog Liliths Oberkörper auf ihren Schoß.

Offensichtlich fiel es Lilith schwer, die Augen offen zu behalten.

„Sie ist zu stark! Ich habe es nicht geschafft!", hauchte die Dämonin fast unhörbar.

Erst jetzt bemerkte Aurelia die blutenden Wunden auf Liliths Haut. Es sah aus, als hätte ein Wolf sie in seine Pfoten bekommen.

Was konnte sie tun? Offenbar stand es nicht gut um die Mutter, doch wen sollte sie rufen? Den Notarzt? Luzifer?

„Raphael! Komm zu mir! Eile dich!", brüllte Aurelia zur Zimmerdecke hinauf.

Nur der heilkundige Erzengel konnte der Mutter jetzt noch helfen, aber es dauerte, bis der in einen grünen Umhang gehüllte Engel erschien.

„Bitte hilf mir! Hilf Lilith!", bat Aurelia.

„Aber sie ist ein Wesen der Unterwelt, eine Dienerin Satans, warum sollte ich ihr helfen?", entgegnete er und beugte sich über die verletzte Dämonin.

„Weil sie sonst stirbt! Bitte, bitte hilf ihr!", flehte Aurelia.

Sie sah den abweisenden Gesichtszug des Engels. Warum tat er nichts?

„Was ist?", fragte sie.

Der Erzengel hob abwehrend die Hand.

„Sie ist doch ein Geschöpf Gottes, obwohl sie eine Dämonin ist! Oder bist du ihr gegenüber so abweisend, weil sie dich im Paradies hat abblitzen lassen und Gabriel es war, der mit ihr schlafen durfte? Bitte Raphael! Hilf ihr!", bettelte Aurelia.

„Na gut! Ich werde sehen, was ich für sie tun kann!", antwortete der Erzengel, hob die Dämonin auf seine Arme und verschwand.

„Danke!", rief Aurelia ihm erleichtert hinterher.

Damit war es jetzt an ihr, Taruna zu stoppen. Bloß wie?

Lilith rang mit dem Tod und sie? Was konnte sie tun? Aufgeregt lief Aurelia in der Wohnung umher und war dabei so aufgelöst, dass sie keinen klaren Gedanken fand.

Dann klingelte es, Hannah und der Kommissar standen vor der Tür und saßen einen Moment später bei ihr auf dem Sofa.

„Meine Mutter konnte Taruna nicht stoppen. Sie ringt mit dem Tod! Ich muss es nun selbst tun!", erläuterte Aurelia.

„Taruna und der Mann waren bei uns in der Nacht! Ich habe sie gerochen!", sagte Hannah.

„Deswegen der Verband?", fragte Aurelia.

„Im Prinzip schon. Ich rufe jetzt das SEK!", erklärte der Kommissar und zog sein Telefon aus der Tasche.

Das konnte Aurelia nicht zulassen, denn die Männer würden in ihr Verderben laufen. Der Einsatz des SEKs würde nur noch mehr Tote bedeuten!

„Nein! Sie werden alle sterben!", erklärte sie laut.

„Die Männer sind gut und wissen sich zu schützen!", bemerkte der Kommissar lapidar.

„Das glaube ich nicht!", äußerte Aurelia und musste damit eine schwere Entscheidung treffen. Sie musste den beiden Menschen Tarunas wahre Identität offenbaren.

„Taruna ist ein Todesengel! Sie wird die Männer töten!", begründete Aurelia ihre Warnung.

„Ja! Klar! Ein Todesengel und ich bin der Kaiser von Deutschland!", entgegnete der Kommissar und suchte die Nummer in seinem Handy.

Jetzt blieb ihr nichts anderes mehr übrig, als ihr eigenes Wesen als Engel zu beweisen, um den Mann zu stoppen.

Aurelia seufzte, stand von ihrem Sessel auf und sagte: „Schau her, wenn du mir nicht glaubst!"

Sie zog sich das Kleid über den Kopf und ließ ihre Flügel aus den Schultern schießen.

Dem Kommissar blieb der Mund offen stehen und ihm fiel das Handy aus der Hand.

Hannah erhob sich von ihrem Platz, trat näher und fuhr mit den Fingern über die Federn der Schwingen.

Langsam zog Aurelia die Flügel wieder ein, faltete sie auf den Rücken und setzte sich dann an den Tisch zurück.

„Wir müssen sie finden und ich bin die einzige, die sie jetzt noch stoppen kann!", erklärte Aurelia und sah in die Gesichter der beiden anderen.

Es dauerte eine Weile, bis der Kommissar zuerst seine Stimme wiederfand und sagte: „Die Fabrik wird gerade abgerissen und zubetoniert. Dort wird sie also nicht mehr sein."

„Kannst du deine Gestalt ändern? Und sie auch?", fragte Hannah.

Ohne Wort verwandelte sich Aurelia in Darias Ebenbild.

„Und als Mann?", erkundigte sich Hannah.

„Auch das geht!"

„Dann war es doch Taruna, die mir im Keller Gewalt angetan hat!"

„Ja!", bestätigte Aurelia.

„Und diesen Soldaten gibt es also nicht?", wollte der Kommissar jetzt wissen.

„Sie ist selbst dieser Soldat!", entgegnete Aurelia und veränderte sich in einen muskelbepackten, mehr als zwei Meter großen Mann.

„Das erklärt so einiges!", sagte der Kommissar und steckte sein Telefon ein.

„Wie sollen wir sie aber finden, wenn sie praktisch jede beliebige Gestalt annehmen kann?", erkundigte sich der Kommissar nachdenklich.

„Wir nicht! Aber Hannah kann es!", bemerkte Aurelia und blickte die Freundin an.

Hannah zuckte zurück.

„Ich kann das nicht! Ich gehe nicht noch mal in diesen Keller! Nein! Niemals!", stieß Hannah aus und zitterte deutlich.

„Wir können auf deine Nase nicht verzichten!", erklärte Aurelia.

„Vergiss es!", sagte jetzt der Kommissar.

Hannah setzte hinzu: „Nie im Leben!"

„Dann werden weiter viele Menschen sterben! Du musst mir doch nur sagen, wo ich sie finden kann. Den Rest mache ich dann alleine!", wirkte Aurelia auf Hannah ein.

Die Ablehnung der jungen Frau war deutlich zu sehen, aber es gab keine Alternative.

Nur Hannah konnte den Aufenthaltsort von Taruna erschnüffeln.

## 32. Kapitel
# Wo findet man einen Engel?

*E*ngel gab es also wirklich! Bis vor ein paar Minuten hätte Peter jeden als Spinner abgetan, der dies einfach so behauptet hätte, doch gerade hatte er sich selbst davon überzeugen müssen, dass dem tatsächlich so war.

Die Flügel von Frau Engel, oder besser von Aurelia, wie Hannah sie nannte, waren echt gewesen. Keine Illusion und kein Filmtrick.

Sein Gehirn arbeitete gerade diese Informationen ab und setzte damit den Fall neu auf.

Alles musste von vorn bewertet und erneut gewichtet werden. Die Aussage, dass das SEK in den Tod laufen würde, war ihm damit nur zu bewusst geworden, denn wenn Aurelia ihre Gestalt beliebig verändern konnte, dann konnte das auch der Täter.

Oder die Täterin? Ein Todesengel!

Gerade saß Aurelia wieder in ihrer ursprünglichen Gestalt, ohne Flügel, aber immer noch halbnackt, am Tisch und redete mit Hannah.

Er überschlug alle Optionen, die sie hatten und kam darauf, dass sie nur in der jetzigen Konstellation, also sie drei zusammen, erfolgreich sein würden.

Hannah konnte den Todesengel aufspüren, er konnte Hannah beschützen und Aurelia hatte hoffentlich die Kraft, um Taruna zu stoppen.

Peter schaute Hannah an und dachte darüber nach, ob er wohl die geliebte Frau in solch eine Gefahr bringen wollte.

Noch redenden die beiden Frauen miteinander und es schien beide nicht zu stören, dass Aurelia noch immer bis auf den Slip nackt war.

Offensichtlich war nur er davon abgelenkt.

Aus den Gesprächen hörte er, dass Hannah den Ernst der Lage noch nicht erkannt hatte. Was konnte er tun?

Zuerst musste er es ihr erklären. „Wo könnten wir sie denn nun finden?", fragte er.

Die beiden Frauen unterbrachen ihr Gespräch und sahen ihn fragend an.

„Na ja! Die Fabrik fällt ja als Versteck für Taruna aus", setzte Peter hinzu und dabei zeigte er zum Fenster, wo das Licht der Baggerscheinwerfer hinter dem Park zu sehen war.

„Ich habe noch irgendwo einen Stadtplan!", entgegnete Aurelia und stand auf.

Das war der Zeitpunkt, um Hannah in seine Überlegungen einzuweihen. „Traust du dir das zu?", fragte er sie.

„Was?"

„Na diesen Todesengel aufzuspüren?", antwortete er und sah das Erschrecken in ihrem Gesicht.

„Warum ich?", brach es aus Hannah heraus.

„Du kennst ihren Duft!"

„Aber jede andere Frau kann ihn auch erschnüffeln!", versuchte Hannah auszuweichen.

„Wenn du jemanden erklärst, wonach sie suchen soll. Wie beschreibt man einen Duft? Soll ich da eine Anzeige in die Zeitung setzen?", antwortete er.

„Nein! Aber ich weiß nicht, ob mir die Vorstellung gefällt, ihm wieder gegenüber treten zu müssen!", erklärte Hannah und sah nicht wirklich glücklich dabei aus.

Aurelia hatte in der Zwischenzeit den Stadtplan gefunden und diesen über den Tisch geworfen.

„Kannst du dir bitte mal was überziehen?", fragte Peter.

Aurelia nickte und ging aus dem Raum.

Zu zweit beugten sie sich über die Karte und suchten die Fabrik darauf heraus.

„Wenn wir das Versteck haben, dann können wir ja morgen hingehen und sie suchen!", erklärte Peter, um Hannah die Furcht zu nehmen.

„Wir können Taruna nur nachts suchen!", erklärte Aurelia, die gerade angezogen in den Raum zurückkam.

„Wieso?", fragten Peter und Hannah gleichzeitig und sahen zu ihr hinüber.

„Am Tage wird es zu viele Zeugen geben. Was passiert, wenn was schiefgeht und Taruna plötzlich zwanzig Meter groß ist? Willst du DAS dann morgen in der Zeitung stehen haben? Je dunkler es ist, desto weniger Menschen können es sehen. So einfach!", erläuterte Aurelia ihren Plan.

Dieser logischen Erklärung des Engels konnte er nur zustimmen, aber Hannah war gerade kreidebleich geworden.

Mit dem Finger tippte Aurelia auf den Punkt, an welchem die Fabrik eingezeichnet war. „Wohin würde Taruna verschwinden, wenn sie nicht mehr dort sein kann?", fragte sie.

Vermutlich fragte sich das der Engel selbst, denn woher hätte er oder Hannah das wissen können? Sie kannten sich mit Engeln nicht aus und die Bibel war da momentan auch nicht wirklich sehr aufschlussreich bei diesem Thema.

In immer größer werdenden konzentrischen Kreisen fuhr der Finger des Engels über das Papier, bis er stoppte und auf eine Stelle tippte.

„Ein Friedhof? Du spinnst doch! Ich gehe nicht mitten in der Nacht auf einen Friedhof!", quiekte Hannah auf und hob abwehrend die Hände.

„Warum gerade dort?", fragte Peter und sah den entgeisterten Ausdruck in Hannahs Gesicht, die wohl eine Ablehnung auch von ihm erwartet hätte.

„Da gibt es eine kleine Kapelle und eine Gruft. Taruna ist ein Todesengel. Das Begräbnisfeld für den Tod und das Gotteshaus für den Engel. Und unbeobachtet ist sie da in der Nacht auch noch", zählte Aurelia auf.

„Da kriegen mich keine zehn Pferde hin!", entgegnete Hannah und war noch bleicher geworden, als sie es sowieso vorher schon gewesen war.

„Du musst aber mit! Das Gelände ist viel zu unübersichtlich!", entgegnete Aurelia, bevor er es tun konnte.

„Nein! Niemals! Auf gar keinen Fall!", kreischte Hannah auf.

„Ich passe auf dich auf, dass dir nichts geschieht!", versuchte Aurelia seine Geliebte zu beruhigen.

„Und ich auch!", setzte Peter hinzu.

Es dauerte sicher eine Stunde und ein paar Gläser Schnaps, bis sich Hannah beruhigt hatte, dann waren sie zu dritt in seinem Auto unterwegs.

Aurelia hatte Hannah auf dem Rücksitz tröstend im Arm und er sauste entgegen dem ärztlichen Rat mit dem Geländewagen durch die Dunkelheit der Nacht.

Es war schon halb drei Uhr in der Früh, als sie das schmiedeeiserne Tor des Friedhofes im Scheinwerferlicht sahen. Einer der Torflügel war offen.

Mit der Taschenlampe in der Hand stand Peter einen Augenblick später neben der Autotür und hielt diese für Hannah offen.

Aurelia war bereits an das Friedhofstor getreten und blickte in die Finsternis. Offenbar vermochte auch sie, ähnlich wie Taruna, bei völliger Finsternis zu sehen.

Im Licht der Fahrzeugscheinwerfer erkannte er, wie sich Aurelia die Sachen auszog und nackt, mit großen weißen Flügeln, im Gras vor der Friedhofsmauer stand.

Es schien so, als ob sie beten würde.

Währenddessen versuchte er Hannah zu überreden, aus dem Auto zu steigen.

Das dauerte wieder ein paar Minuten, bevor sie sich traute, einen Fuß auf die Wiese zu setzen.

Mit dem Blick auf den Engel ging Hannah langsam, Fuß vor Fuß, den Weg entlang.

Peter blieb neben ihr, die Taschenlampe und die Pistole in der Hand. Die Pistole aber nur, um

Hannah zu beruhigen, denn dem Todesengel würde er damit vermutlich nichts tun können. Oder doch?

Wer hatte gesagt, dass Taruna unverwundbar war? Wenn er erst mal wusste, wo sie sich befand, dann konnte er Taruna sicherlich auch zur Strecke bringen.

Nach ein paar Schritten standen sie zu dritt nebeneinander am Friedhofseingang.

Der Strahl der Lampe wanderte über Büsche und Gräber. Die Kapelle war gegen den etwas helleren Himmel nur schemenhaft in der Dunkelheit zu erkennen.

## 33. Kapitel
# Kampf der Engel

Es musste für die beiden Menschen wohl seltsam anmuten, aber Aurelia lief nackt, mit weit ausgebreiteten Flügeln, leichtfüßig über den Friedhof. Wie mit den Augen einer Katze spähte sie durch die Finsternis, immer auf der Hut, um Taruna nicht zu verpassen, denn die beiden anderen waren nur zwei Schritte hinter ihr.

Dabei war es hier auch noch ziemlich unübersichtlich, selbst für einen Engel. Hier gab es Grabsteine, auf denen oben eine Engelsfigur saß.

Ein paar Mal war Aurelia schon zusammengezuckt, weil sie die Gestalt für den Todesengel gehalten hatte, es aber bisher immer nur eine steinerne Statue gewesen war.

Selbstverständlich war es eine verrückte Idee, das hier nachts zu tun, aber am Tage wären die Rentner sicher schreiend vom Friedhof gerannt, wenn nicht mindestens einer von ihnen dabei vor Schreck einen Herzinfarkt bekommen hätte.

Dieses Risiko wollte Aurelia aber nicht eingehen, denn zu viele Menschen waren jetzt schon zu Schaden gekommen.

Leise setzte sie die nackten Füße in das Gras, was eigentlich unnötig war, da der Kommissar

244

hinter ihr mit der Taschenlampe den Weg beleuchtete und jeder es sicher noch aus hunderten Metern Entfernung sehen konnte.

Langsam schob sie sich über die Wege hin zur Kapelle, in deren Keller sich die Krypta befand.

Vor einem halben Jahr hatte Aurelia ein Bild dieser Krypta in der Zeitung gesehen und jetzt wusste sie auch, warum sie damals diesen Artikel so interessiert gelesen hatte.

Zwischen den Gräbern und der Kapelle zog sich ein breiter Saum mit Büschen dahin und dazwischen standen auf steinernen Sockeln überlebensgroße Statuen. Löwen, Drachen, Fabelwesen und wiederum Engel.

Aurelia konnte sich nur auf die Nase von Hannah verlassen, wenn sich Taruna nicht durch eine unvorsichtige Bewegung verriet.

Der Lampenstrahl des Kommissars riss die grauen Gesichter der Tiere und Engel aus der Finsternis.

Jedes Mal schrie Hannah leise hinter ihr auf, weil sie diese Lichtwechsel für Bewegungen gehalten hatte.

Aurelia ging zwei Schritte weiter nach vorn, weil sie das Licht störte, aber damit war der Abstand zu Hannah fast fünf Meter und sie konnte nur hoffen, dass Hannahs Näschen in der Finsternis und im Freien, genauso gut auf Taruna reagierte, wie es in dem Zimmer auf der Wache gewesen war.

Vorsichtig schob sich Aurelia an einem weiteren Standbild vorbei.

Es war eine Dämonin aus Stein. Eine Teufelin auf einem Friedhof? Kurz zögerte sie, dann ging sie weiter.

Keine Minute später stöhnte Hannah hinter ihr auf und Aurelia fuhr herum.

Die steinerne Dämonin bewegte sich. Es war Taruna!

Während Hannah in die Knie brach, sprang die Dämonin herab, schleuderte den Kommissar mit einem Hieb ihrer Pranke zur Seite und hob Hannah auf.

„Nein! Du darfst sie nicht küssen!", schrie Aurelia.

Taruna hielt den zitternden Körper der Freundin in ihren Armen, breitete die schwarzen Schwingen aus und drückte ihre Lippen auf Hannahs Mund. Ein unkontrolliertes Zucken setzte ein, das Hannah regelrecht durchschüttelte und dann erstarb.

Nur einen Augenblick später ließ Taruna die leblose Freundin aus ihren Klauen gleiten und verwandelte sich in ein Ebenbild von Aurelia, allerdings mit schwarzen Schwingen.

Hannah fiel zu Boden und blieb bewegungslos im Grase liegen.

Aurelia sprang nach vorn und versuchte Taruna von ihr fortzuziehen, damit der Kommissar Hannahs Körper aus der Gefahrenzone schleppen konnte.

Auf allen vieren kam der Mann herüber und warf sich schützend über Hannahs Leib.

Mit aller Kraft schleuderte Aurelia die Kontrahentin zur Seite, der Todesengel krachte gegen den jetzt leeren Steinsockel und dieser zersplitterte dadurch. Taruna rutschte danach noch ein Stück, bevor sie lachend wieder auf die Füße kam.

„Sie ist tot!", schrie Peter von unten.

Aurelia kniete sich neben die beiden.

Das durfte nicht sein!

Mit einem Griff kontrollierte sie Hannahs Puls, doch der Mann hatte recht. Das Herz der Freundin schlug nicht mehr.

Lachend kam Taruna zurück und dieses Gelächter klang wirr und hämisch.

Voller Wut stürzte sich Aurelia auf die andere und schlug immer und immer wieder zu.

Bei jedem Treffer flog Taruna zur Seite, aber jedes Mal ein Stück weniger, als zuvor.

Der Todesengel wurde mit jedem Hieb stärker, während Aurelia mit jedem Schlag offensichtlich schwächer wurde.

Es dauerte nicht lange, da kniete Aurelia keuchend am Boden.

„Mach dich doch richtig groß! Dann kannst du sie zertreten!", forderte der Kommissar sie auf.

„Das geht nicht, denn dann macht sie das auch. Wohin soll das führen? Bis wir beide im Streit die Stadt zertreten?", schnaufte sie und hielt sich die schmerzende Hand.

„Komm schon, du Feigling! Schlag zu!", höhnte Taruna und stand nur drei Meter entfernt vor ihr.

„Unternimm endlich was!", brüllte jetzt der Mann, der Hannahs toten Körper auf seinem Schoß hielt.

Er hob seine Pistole und schoss auf Taruna, doch die Kugeln prallten von ihrem Leib ab. Als pfeifende Querschläger trafen die Projektile Grabsteine und entschwanden danach schwirrend in der Finsternis.

Die Wut sauste durch Aurelias Kopf.

„Gisela, Cornelia, Lilith und Hannah! Hier musste es enden!", brüllte Aurelia, sprang auf und starrte Taruna wütend an.

Jeder gute Gedanke war aus ihrem Kopf verschwunden. Alle Wut und die gesamte Verbitterung projizierte sie momentan auf Taruna und von der Außenseite ihre Flügel setzte eine Schwarzfärbung der Federn ein.

„Nein!", schrie Aurelia und sank verzweifelt auf die Knie.

Das durfte nicht sein! Sie verwandelte sich in eine Dämonin! Die dunkle Seite gewann die Oberhand!

„Herr, stehe mir bei! Ich bin ein Engel der Liebe und nicht des Hasses!", schrie sie mit aller Macht nach oben.

Kniend faltete sie die Hände und begann, die Federn neuerdings weiß zu machen, indem sie die Wut aus ihrem Herzen verdrängte. Sie dachte an die Kinder, an Daria und an die Liebe.

Entschlossen drehte sie sich von Taruna fort, kniete sich über Hannahs Leiche und hauchte: „Der Kuss des Todesengels hat dir den Tod gebracht, der Kuss des Engels der Liebe soll dir das Leben zurückgeben! Vater hilf mir!"

Aurelia beugte sich hinab und ihr Mund berührten Hannahs kalt gewordenen Lippen. Sie blies dem leblosen Körper der Freundin ihrem Odem in den Leib und dieser zuckte wie unter einem Stromschlag zusammen.

Der Engel wandte sich zurück zu Taruna, erhob sich langsam und sagte: „Und nun zu dir! Hier und heute muss es enden! Der Hass in dir soll verschwinden!"

Schritt für Schritt ging sie auf Taruna zu, die einfach vor ihr stehen blieb. Mit in die Seiten gestützten Armen wartete sie hämisch grinsend auf Aurelias nächsten Angriff.

„Dein Hass kann die Liebe nicht bezwingen!", erklärte Aurelia, als sie direkt vor Taruna stand.

Blitzschnell packte sie das Gesicht des Todesengels mit beiden Händen und küsste Taruna.

Wut, Hass, Zorn und Liebe kämpften in ihr miteinander.

Taruna erwiderte den Kuss.

Zwei Engel standen sich küssend und nackt auf dem Friedhof. Wer würde gewinnen? Die Liebe oder der Tod?

Beiden schwand langsam die Kraft und sie brachen, sich immer noch küssend, in die Knie.

Keine von beiden konnte mehr loslassen.

Wessen Kraft würde länger reichen?

Aus dem Augenwinkel bemerkte Aurelia, wie sich die Federn an Tarunas Schwingen langsam in weißer Farbe nach innen zu veränderten und wie ihre eigenen Federn im gleichen Zuge wieder schwarz wurden.

Wer hatte die Stärke, um zu gewinnen?

Hinter ihr erhoben sich Hannah und Peter.

Die beiden Menschen begannen sich ebenfalls zu küssen und die Kraft der Liebe wurde in Aurelia stärker!

## 34. Kapitel
# Kleine Schummeleien

Direkt vor Peter knieten die beiden Engel im Kuss vereint. Beide sahen nun gleich aus und er hätte nicht sagen können, wer davon nun Aurelia und wer Taruna war.

Beide nackt mit schwarz weißen Flügeln. Offenbar war dies ein Kuss auf Leben und Tod.

Hannah hätte der Kuss des Todesengels beinahe das Leben gekostet.

Nur Aurelia hatte dafür gesorgt, dass Hannah nun erneut aufrecht stand. Zwar mit zitternden Knien, aber lebendig. Offenbar war der Geruch, den der Wind ihr auch noch gerade entgegendrückte, so stark, dass die Wellen des Sinnenrausches sie immer weiter durchschüttelten.

Falls Peter sie jetzt loslassen würde, dann läge sie vermutlich sofort wieder stöhnend auf dem Boden, doch er hatte sie fest im Arm. Stehend keuchte sie und konnte sich nicht mehr bewegen. Sie küssend zog er Hannah auch weiterhin an seine Brust.

Mit einem Mal ging eine Detonation von den beiden Engeln aus und die Kraft der davon erzeugten Druckwelle fegte Peter von den Füßen.

Damit landete auch Hannah auf dem Boden, doch er rollte sich über sie und nahm sie abermals schützend in seine Arme.

Mit ihrem Körper unter sich spähte er zu der Stelle, an der die beiden Engel gerade noch gekniet hatten.

Beide hatte die Druckwelle zur Seite geschleudert und momentan lagen sie, mit etwa zehn Metern Abstand, voneinander entfernt ebenfalls am Boden. Jeweils auf dem Rücken und beide gleich aussehend.

Nur Hannahs Geruchssinn würde sie unterscheiden können.

Peter zog die geliebte Frau auf die Füße und schleppte sie zum ersten Engel. Dort kniete sich Hannah hin und es schien ihr dabei gutzugehen. Offensichtlich war dies dann wohl die richtige Aurelia.

Ihr Gefieder war strahlend weiß, wenn auch etwas gerupft. Lose Federn lagen rings um sie herum am Boden.

„Aurelia! Bitte steh auf!", flehte Hannah die Freundin an.

War sie noch am Leben? Der Engel bewegte sich nicht, doch sie hatte einen leichten Puls. Kaum fühlbar, aber noch vorhanden.

Wie leistete mal bei einem Engel Erste Hilfe? Und konnte man da einen Notarzt rufen? Was würden die Sanitäter über die deutlich sichtbaren Flügel sagen?

Peter blickte zu dem anderen Engel und dieser begann sich schon wieder zu bewegen. Zumindest eine Hand zuckte im Schein der am Boden liegenden Taschenlampe.

Was konnte er tun, wenn Taruna als erste auf die Beine kam und es beenden wollte? Die Pistole war dagegen nutzlos gewesen, alle Kugeln hatten getroffen und doch nichts bewirkt. Und dennoch wechselte er das Magazin. Geräuschvoll schnappte der Verschluss zu.

Der erneute Schlag gegen seine Brust schmerzte noch immer und falls Taruna ihn wirklich treffen wollte, so würde er bei einem erneuten Versuch Hannah zu beschützen wohl sterben.

Er kniete sich zu Aurelia und rüttelte den Engel an der Schulter.

„Komm schon Aurelia! Wir brauchen dich!", sagte Peter laut.

Aus dem Augenwinkel bemerkte er, dass Taruna momentan im Gras kniete. Sie schüttelte den Kopf, erhob sich und kam schwankend auf die Füße.

„Aurelia! Bitte!", brüllte jetzt auch Hannah.

In Schlangenlinien taumelte der Todesengel auf sie zu.

Hannah rüttelte dem am Boden liegenden Engel verzweifelt an der Schulter und schrie: „Aurelia!"

Peter sprang auf und nahm schon Abwehrhaltung ein, als der Engel drei Schritte vor ihnen mit brüchiger Stimme sagte: „Ich komme doch schon!"

Immer noch schüttelte Hannah den Engel, der sich nur leicht bewegte.

„Lasst Taruna liegen!"

„Bist du Aurelia?", fragte Peter vorsichtig.

„Ja!", kam die gemurmelte Antwort.

„Aber der Duft!", sagte Hannah von unten.

„Hannah! Du kannst ja an mir schnuppern kommen!", erklärte der einen weiteren Schritt auf sie zukommende Engel mit etwas festerer Stimme.

„Nein! Bleib hinter mir!", rief Peter, der eine Falle des Todesengels vermutete.

Er hob die Arme zum Boxen und behielt Hannah hinter sich.

Der schwankende Engel blieb zwei Schritte vor ihm stehen.

„Hannah! Ich habe dir doch gesagt, ich beschütze dich. Was würde es denn für einen Sinn ergeben, euch in eine Falle zu locken? Ich, als Taruna, könnte mich fünfzehn Meter groß machen und euch beide am ausgestreckten Arm verhungern lassen!", erklärte der Engel und verschränkte demonstrativ die Arme vor der nackten Brust.

Hannah erhob sich, trat einen Schritt zurück und sah abwechselnd auf die beiden Engel.

„Schau! Das ist ihre wahre Gestalt!", sagte der Engel und zeigte zu Boden.

Taruna schrumpfte etwas und ihr Haar wurde dunkler. Kleine Hörner stießen durch die Locken, doch die Flügel blieben weiß.

„Aber der Duft?", stammelte Hannah und schaute auch weiterhin zweifelnd zwischen den beiden Engeln hin und her.

Aurelia trat an ihnen vorbei an die am Boden liegende Taruna heran und kniete sich neben sie.

„Gabriel! Komm bitte zu mir!", rief sie nach oben.

Wenige Sekunden später tauchte eine in strahlendes Licht gehüllte Gestalt vor ihnen auf.

„Erzengel Gabriel!", hauchte Hannah und fiel vor ihm auf die Knie.

Taruna kam nun wieder zu sich, hielt sich den Kopf und fragte: „Wo bin ich? Was ist geschehen?"

„Du bist auf der Erde und hast einigen Menschen sehr wehgetan!", sagte Aurelia.

„Ich war das Töten leid und wollte Liebe haben!", flüsterte Taruna.

„Aber als Todesengel kannst du nicht die Liebe unter die Menschen bringen!", ließ sich daraufhin Gabriel mit einer lieblichen Stimme vernehmen.

Tränen liefen über Tarunas Wangen. „Das tut mir alles so leid!", schluchzte sie.

Aurelia zog sie an ihre Brust und umarmte den anderen Engel.

„Vielleicht kann dir Gabriel helfen!", sagte sie und blickte zu dem Erzengel auf.

Gabriel nickte und nahm Taruna auf seine Arme.

„Lilith geht es wieder gut! Sie lässt dich grüßen!", sagte der Erzengel noch und verschwand mit Taruna so plötzlich, wie er aus dem Nichts gekommen war.

Aurelia stemmte sich mühevoll hoch und Hannah half ihr dabei.

„Was soll ich denn da in meinen Bericht schreiben? Ein Liebesengel und ein Todesengel kämpfen nackt auf einem Friedhof, der Todesengel verliert und verschwindet. Bei diesem Satz muss ich anschließend sicher zur Alkoholkontrolle!", sagte Peter grübeln.

„Vielleicht solltest du ein bisschen schummeln!", sagte Hannah und trat auf ihn zu.

„Schreibe doch einfach, dass du den Täter bei der Verfolgung angeschossen hast, er daraufhin in die Baugrube des Hotelpools gefallen ist und eine Ladung Beton ihn begraben hat. Niemand wird ihn da jemals wieder heraussuchen!", erklärte Aurelia.

Zusammen gingen sie zum Auto zurück, wo sich Aurelia anzog.

Am östlichen Horizont war der erste rötliche Streifen zu erspähen.

Der neue Tag begann und es würde von nun an nun keine Leichen in diesem Fall mehr geben.

## 35. Kapitel
# Am Ende wird alles gut

Im ersten Licht des neuen Tages hatte Hannah zuerst Aurelia an ihrer Wohnung abgesetzt und war danach mit Peter zu ihm in sein Appartement gefahren. Dort hatten sie zusammen geduscht und sich umgezogen.

Auf dem Rückweg zum Büro hatten sie Aurelia danach wieder abgeholt und zur Sicherheit auf dem Weg noch einmal bei der Baustelle des neuen Hotels angehalten.

Der frisch betonierte Bereich war gigantisch und wäre da jemand in der Nacht hineingefallen, er wäre darin für immer verschwunden.

In der Wache hatten sie die Zeugenaussagen unterschrieben. Peters Chef hatte die Geschichte geschluckt, zur schnellen Aufklärung gratuliert und Peter die Beförderung zum Hauptkommissar versprochen.

Aurelia durfte sogar einen Artikel über die Ermittlung in diesem Fall schreiben, den der Chef absegnete und der am folgenden Tag im Tagesblatt erscheinen sollte.

Jetzt saß Hannah in Peters Büro auf dem Stuhl und hatte das erste Mal wirklich die Ruhe und die Zeit, um über die Ereignisse dieser Nacht nachzudenken.

Sie war gestorben und nur Aurelias Kuss hatte sie wieder ins Leben zurückgeholt.

Der Tod war nicht schlimm gewesen.

Sie war ruhig und gefasst und dachte wieder an das warme Licht zurück, das sie dabei umhüllt hatte.

Alles war gut gewesen! Kein Schmerz, keine Angst, kein Kummer hatte mehr in ihr Platz gehabt, nur grenzenlose Liebe hatte sie dabei eingehüllt!

Genau in der Art, wie sie diese auch Peter gegenüber in sich spürte.

Unmittelbar vor ihr wuselte der Mann umher und dabei hätte sie ihn jetzt gern in den Arm genommen, seine Wärme gespürt.

Mit der offenen Bürotür würde er das vielleicht nicht zulassen, aber wozu sollte sie sich darüber Gedanken machen? Sie lebte nur jetzt!

Hannah erhob sich von ihrem Stuhl, ging die zwei Schritte bis zu ihm und nahm sich die Umarmung, nach der sich ihr Körper gerade sehnte.

Peters Kuss war die Belohnung für ihre Entschlossenheit.

„Ich mache gleich Schluss, dann können wir nach Hause!", entgegnete er.

Dankbar nickte sie und dabei fiel ihr Blick auf das blank polierte Namensschild, das auf seinem

Tisch stand. Hannah hob es hoch und drehte es zu ihm um.

„Du hast mir doch gesagt, dass du mit dem Namen nie Karriere bei der Polizei machen kannst. Oder?", erkundigte sie sich.

Peter nickte und blickte sie fragend an.

Sie setzte fort: „Also wenn du magst, dann kannst du ja nach der Hochzeit meinen Namen annehmen. Peter Müller. Wäre das was für dich?"

„War das jetzt gerade ein Antrag?", erwiderte Peter lächelnd.

„Ja! Ich bin eine moderne Frau, aber ich gehe nicht vor dir auf die Knie! Zumindest nicht deswegen!", erklärte sie schmunzelnd und stellte das Schild zurück.

„Also? Was sagst du?", setzte Hannah hinzu.

„Ich sage ja!", erklärte Peter, hob sie auf seine Arme und wirbelte sie im Büro herum.

Ein stürmischer Kuss folgte.

„Und jetzt nach Hause. Ich habe die ganze Nacht nicht geschlafen! Ich will in mein Bett!", sagte Peter und schloss seine Waffe in den Schrank.

Er brauchte sie ja jetzt nicht mehr, da Taruna fort war.

„Ich habe auch nicht geschlafen, allerdings bin ich noch nicht müde!", entgegnete Hannah.

„Von müde habe ich auch nichts gesagt. Nur vom Bett!", antwortete er schmunzelnd.

„Da sage ich nicht nein!", bemerkte Hannah, lachte und zog ihn an der Hand an dem verdutzt blickenden Assistenten vorbei.

Keine halbe Stunde später waren sie hinter seiner Wohnungstür, als es klingelte.

„Ach lass doch!", sagte Peter, aber sie wollte wissen, wer da zu so früher Stunde an der Tür läutete.

Es war Aurelia, wie ein Blick durch den Spion bestätigte. Oder Taruna?

Vorsichtig öffnete Hannah und Aurelia gab ihr einen Kuss. Einfach so und nichts passierte, es war also die echte Aurelia.

„Darf ich hereinkommen?", fragte der Engel und stand doch schon fast in der Wohnung.

Aus dem Augenwinkel bemerkte Hannah, dass es Peter wohl nicht so recht war, doch sicher hatte die Freundin Neuigkeiten und wollte ihnen diese mitteilen.

Nur eine Minute später saßen sie wieder an dem Tisch in der Stube, an dem diese aufregende Nacht begonnen hatte.

„Ich soll dir von Taruna ausrichten, dass sie es so unendlich bedauert, was sie dir angetan hat", begann Aurelia.

„Danke. Wie geht es ihr?", wollte Hannah von der Freundin wissen.

„Sie wird jetzt erst mal betreut. Die Engel kümmern sich um sie und sie wird wohl kein Todesengel mehr sein. Es tut ihr alles so schrecklich leid", setzte Aurelia fort und man konnte spüren, dass Aurelia mit ihr mitlitt.

„Was ist eigentlich passiert?", fragte Peter, der wohl jetzt seinen Fall auch für sich selbst abschließen wollte.

Aurelia blickte zum Fenster und schien die Schornsteine der Fabrik zu suchen, an denen alles für Hannah begonnen hatte.

„Taruna ist vor diesem furchtbaren Krieg hierher geflohen, um Ruhe zu finden. Und dann hat dieser Mann sie im Park überfallen und vergewaltigt", erklärte Aurelia.

„Sie war die Joggerin?", fragte Peter.

„Ja! Dieser Schock hat sie durcheinandergebracht und danach ist wohl alles für sie aus dem Ruder gelaufen. Sie wollte es nicht, aber es ging wohl nicht anders. Taruna wollte das Recht selbst in die Hand nehmen", seufzte der Engel.

„Bei dem Täter im Park, bei Luc und Siggi verstehe ich das, aber bei den beiden Frauen?", fragte Hannah und schaute Aurelia in die Augen.

„Ich glaube, das waren Unfälle, denn wenn ein Todesengel jemanden küsst, dann hat das eben eine ganz andere Wirkung, als wenn ein Engel der Liebe dich küsst", erklärte Aurelia.

„Das habe ich gemerkt!", sagte Hannah nachdenklich.

„Und ich habe im Keller nur überlebt, weil ich sie nicht geküsst hatte?", fragte sie.

„Korrekt!", bestätigte Aurelia.

„Jeder Orgasmus ist wie ein kleiner Tod!", flüsterte Hannah und dachte dabei an die Zeit im Keller zurück.

„Bei Cornelia, Siggi und Gisela war er das wirklich. Taruna wollte so sein, wie ich, als Mensch unter Menschen leben. Lieben und glücklich sein, Zärtlichkeiten austauschen, aber das ist gründlich schiefgegangen", setzte Aurelia noch hinzu.

„Ich finde es nicht gut, was sie mit mir da unten im Keller gemacht hat, aber das hat mich mit Peter zusammengebracht!", entgegnete Hannah und blickte den Geliebten an.

„Na da lasse ich euch beide mal alleine und viel Spaß!", sagte Aurelia und erhob sich vom Sessel.

„Eines noch. Ich wollte morgen zu meiner Freundin fliegen. Könntest du auf Paulchen aufpassen?", bat der Engel und Hannah nickte.

Kaum hatte Aurelia die Wohnung verlassen, setzte Peter an der Stelle fort, an der ihn der Engel unterbrochen hatte.

Mit einem wilden Kuss im Flur, bei dem sie sich gegenseitig hastig die Kleidung vom Körper rissen.

Schließlich trug Peter sie auf seinen Armen zum Bett und dort setzte er sie ab.

Hannah hauchte: „Und jetzt will ich nicht mehr daran denken. Komm und vögle mir diese unnützen Gedanken aus dem Kopf!"

## 36. Kapitel
# Die Liebe ist stärker, als der Tod!

$\mathcal{B}$is spät in die Nacht hatte Aurelia noch mit Daria und den Kindern telefoniert. Da es auf den Malediven fünf Stunden später war, waren sie dann zum Schluss gekommen, als Sofie alle dazu gedrängt hatte, im Morgenrot in der kleinen Bucht zu schwimmen.

Nur zu gern hätte sich Aurelia diesem Wunsch sofort angeschlossen, aber der Flug war erst gegen Mittag.

Natürlich hatten sich die fünf Urlauber auf der fernen Insel darauf gefreut, sie schon bald wieder in die Arme schließen zu können.

Im Moment saß Aurelia am Fenster und sah in die Dunkelheit hinaus. Vierundzwanzig Stunden zuvor hatte sie auf dem Friedhof mit Taruna gerungen, sie hatte mit Zorn im Herzen gekämpft und zum Glück noch rechtzeitig bemerkt, dass nur die Liebe siegen konnte.

Der Hass hätte sie zerstören können, wie es beinahe Taruna geschehen wäre.

Während draußen langsam der neue Tag aufzog, und die Kinder ein paar tausend Kilometer entfernt schon im Meer planschten, ging Aurelia in die Schlafstube, um die Sachen für die Reise zu packen.

Nach Sofies Beschreibung würden da aber zwei Badeanzüge oder Bikinis vollkommen ausreichen. Badeurlaub eben.

Aurelias Gedanken flogen zu den vier Kindern und Daria. Die Liebe zu ihnen füllte jetzt vollständig ihr Herz aus.

Es war die richtige Entscheidung gewesen, die geliebten Menschen in den Urlaub zu schicken, denn Taruna hätte ja auch versuchen können, die Familie zu zerstören.

Das hätte Aurelia vielleicht zu sehr in den Zorn versetzt, der danach auch sie zerfressen hätte. So war der Verzicht auf die Lieben gleichzeitig deren bester Schutz!

Natürlich würde sie ihnen nie erklären, in welcher Gefahr sie sich befunden hatten, denn das würde die Kinder nur zu sehr ängstigen. Lieber wollte sie ihnen die ganze Zuneigung schenken, die Aurelia für sie in sich fühlte.

Mit Paulchen auf dem Arm und der umgehängten kleinen Reisetasche klingelte Aurelia am späten Vormittag bei Kommissar Sommermäusel.

Es dauerte eine Weile, bis Hannah im Bademantel, mit vollkommen verwirbelten Haaren die Tür öffnete.

„Ich wollte dir nur Paulchen bringen!", sagte Aurelia.

„Und ich wollte dir danken, dass du mich gerettet hast!", antwortete Hannah.

„Ich war das nicht. Die Liebe hat dich errettet! Sie ist die stärkste Kraft auf Erden!", erklärte Aurelia.

Hannah umarmte sie und nahm Paulchen auf ihren Arm.

„Wir haben uns gestern verlobt!", erklärte sie noch und zeigte den Ring an ihrer Hand.

„Ich habe es gewusst, als ich deinen Blick gesehen habe. Bei unserem ersten Treffen damals. Das Glück in deinen Augen war nur zu deutlich zu sehen", gab Aurelia ihr zu verstehen.

„Ich war schon tot und bin zurück. Ich werde diesen göttlichen Segen in jedem mir noch verbleibenden Atemzug ausleben", erwiderte Hannah und strahlte regelrecht vor Freude.

„Die Liebe kann sogar über den Tod hinaus noch halten. Die Seelen lieben sich bis an das Ende aller Zeiten!", erklärte Aurelia.

Eine weitere Umarmung von Hannah folgte und hinter ihr tauchte der Kommissar auf.

„Was macht ihr denn hier so lange?", fragte er.

Hannah gab ihm einen Kuss.

„Ich muss. Mein Flugzeug hebt in drei Stunden ab, dann fliege ich zu Daria!", äußerte Aurelia.

„Grüße sie schön von mir. Ich fliege jetzt auch, und zwar zurück in mein Bett!", bemerkte Hannah mit einem Lächeln.

Peter hob sie auf seine Arme.

„Viel Spaß ihr beiden und passt auf Paulchen auf!", sagte Aurelia.

Die Tür fiel ins Schloss und Aurelia hörte, wie Hannah laut aufjauchzte.

„Ich wünsche euch alles Glück der Erde!", flüsterte sie und eilte die Treppe hinab.

Ihr eigenes Glück wartete nun auf sie und der Tod war fern.

Die Liebe rief nach ihr.

## ENDE

Von Uwe Goeritz im Verlag BoD (Books on Demand, Norderstedt) ebenfalls erschienene Bücher:

**„Cecilia im Bann der Liebe"**
**ISBN lautet: 978-3-7392-4583-6**
**112 Seiten für 6,49 Euro**

**„Für Immer an deiner Seite"**
**Die ISBN lautet: 978-3-7412-8407-6**
**112 Seiten für 6,49 Euro**

**„Die Liebe ist (k)ein Ponyhof"**
**Die ISBN lautet: 978-3-7412-7920-1**
**116 Seiten für 6,49 Euro**

**„Griechische Küsse"**
**Die ISBN lautet: 978-3-7448-7274-4**
**116 Seiten für 6,49 Euro**

**„Liebe hinter Klostermauern"**
**Die ISBN lautet: 978-3-7448-8973-5**
**120 Seiten für 6,49 Euro**

**„Ein Pflaster für die Seele"**
**Die ISBN lautet: 978-3-7460-7947-9**
**112 Seiten für 6,49 Euro**

**„Das Tor zum Paradies"**
**Die ISBN lautet: 978-3-7528-5837-2**
**124 Seiten für 6,49 Euro**

**„Ein Kater rettet das Weihnachtsfest"**
**Die ISBN lautet: 978-3-7481-2863-2**
**236 Seiten für 8,49 Euro**

**„Aurelia - Geliebter Engel"**
**Die ISBN lautet: 978-3-7494-5128-9**
**244 Seiten für 8,49 Euro**

„Sieben Nächte im Paradies"
Die ISBN lautet: 978-3-7347-6647-3
244 Seiten für 8,49 Euro

„Drei verrückte Weihnachtswünsche"
Die ISBN lautet: 978-3-7494-8575-8
172 Seiten für 6,49 Euro

„Ein besonderes Praktikum"
Die ISBN lautet: 978-3-7528-4866-3
248 Seiten für 8,49 Euro

„Aurelia – In himmlischer Mission"
Die ISBN lautet: 978-3-7519-1416-1
244 Seiten für 8,49 Euro

„Groupies tragen keine Ringelsöckchen"
Die ISBN lautet: 978-3-7519-8353-2
136 Seiten für 6,49 Euro

„Heiße Küsse im Advent"
Die ISBN lautet: 978-3-7526-1175-5
264 Seiten für 8,49 Euro

„Aurelia - Liebe in teuflischen Tiefen"
Die ISBN lautet: 978-3-7526-4538-5
260 Seiten für 8,49 Euro

„Auf der Suche nach Mister Romeo"
Die ISBN lautet: 978-3-7534-9226-1
160 Seiten für 6,49 Euro

„Ein Winterurlaub der Sinne"
Die ISBN lautet: 978-3-7543-7451-1
252 Seiten für 8,49 Euro

Aktuelle Informationen und Neuerscheinungen finden sie immer im Internet unter:

**www.Goeritz-Netz.de**